謝爾慈．謝爾恩．謝爾予我之今生

這輩子……
曾經有一個厚實的背影
和一個小小的身影
隔著心
父親與我，兩端相望
獻給所有渴望與親情
對話的人們……

爸爸其實很愛我

當父親永遠離開之後，才理解「我愛您」這句話，
說不出口，是我這輩子最大的遺憾。

小茹 著

溫情推薦

諮商心理師、作家－許浩宜
國立台北教育大學心理與諮商學系副教授、諮商心理師－趙文滔
學校心理師－魏家瑜
諮商心理師、作家－蘇絢慧

推薦序

找回被愛的勇氣

「我和爸爸父女一場，直到生死相隔，我才真真切切體會到爸爸其實是如此愛我。」

翻開《爸爸其實很愛我》一書，作者如是說著。

即將步入中年如我，早已在父母漸白的髮鬢上品嘗到「有天可能會失去父母」的恐慌，看到這樣的一句話，內心深處不免跟著揪緊，卻又如遇知音般翻開這本書所寫下的每個存在於父女之間的故事。

這個故事起於一個大女孩和一個小女孩——同時也是一位母親和一位女兒——的對話。小女孩問大女孩：「媽媽，你的爸爸呢？」

事實上，這位大女孩的父親已經過世了，而且從父親過世前的好長一段時間，大女孩都覺得父親其實不愛自己。小女孩天真的疑問重新打開大女孩對父親的渴望，所以她在父親過世幾年後，開始從記憶中尋覓那熟悉的父親身影，用文字描繪那個「不愛自己」的父親的樣貌：父親的相貌端正、父親是鐵匠也是油漆工、父親寫得一手好文章、父親聰明上進……可是為什麼這樣美好的父親只愛妹妹、不愛我呢？

於是她繼續在記憶裡頭搜索。她想起父親曾把年幼的自己放在自行車的橫樑上，讓她張開雙手像在天上飛翔；她想起妹妹總是撲進父親懷裡撒嬌的模樣，想起自己在父親晚歸時的擔心卻又木訥地不知如何表達；她想起自己是如何在同學面前吹噓父親的才能，卻沒讓父親知道自己有多麼以他為傲……直到父親過世後的某天，她得到一本珍貴的「父親的日記」，才發現原來自己和父親的靈魂是多麼相似，「她」和「他」用一種同樣彆扭的迂迴，深愛著對方。

即使一切是那麼悄悄卻又突然地進駐她的心坎裡，但這遲來數十年的愛，對身為女兒的她來說，卻是如此可貴。

父親的肉身也許已然毀滅，但「愛」的記憶，卻讓這段「關係」深刻地保留與存在著。

身為「女兒」的角色，我在這本書的文字裡讀到了「孩子們」的心聲和委屈；但故事裡所映照出來的「父親」角色，卻重新賦予我們勇氣去尋找各種愛與不被愛的答案，並且，以一種父親的溫柔眼光，重新將「愛」種回我們的心田。

誰說我們不在乎呢？不管年紀攀爬了多少，我們總需要去了解：爸爸，其實真的很愛我。

許皓宜

諮商心理師、作家

推薦序

從離家到回家的感人旅程

作為一個家庭治療師，我知道從離家到回家這條路，對有些孩子來說，輕鬆自然，對另一些孩子來說，卻是千辛萬苦，步步血淚。有些孩子從來沒能真正離開家，有另一些，怎麼也找不到回家的路，只能一生浪跡天涯。

本書的作者，成功的離了家，最後也成功的回到家，令人心慰；只是中間過程辛苦，字字血淚，令人不捨，讀時心裡跟著文字起伏糾結。

作者從小懷疑爸爸不愛她，這份心情也是許多孩子的心聲，尤其是當爸爸發脾氣、寵妹妹、在同事面前拿自己開玩笑，甚至在自己最需要父愛時，卻被一把冷冷推開。在這些時刻，許多孩子心裡都會懷疑：「爸爸究竟愛不愛我！」

這個問題糾纏作者三十多年，害得她「一遍遍回想往事，苦苦追尋答案」，然而怎麼回想，都是苦澀：

怎麼辦呢，就是這麼一個爛爸爸，自私、懦弱、虛榮，而又不那麼愛我的爸爸，我還是會不自覺地替他辯護，以他為驕傲，抓住他的優點不斷擴大，尋找最細微的他愛我的痕跡。有時難免苦笑：分明像是一場單相思，愛上一個不那麼優秀並且壓根不愛你的人，卻死活不願意分手，可是，一生為父女，又如何分得了手？即便死亡來臨將你們分開，你還是會無條件地愛他，並且，滿懷期待，等著他終將愛你的那天。

如此苦澀，作者對父親卻仍一往情深，從小到大在心裡默默等待父親的關愛，然而這份「耿耿於懷」也開啟一段追尋父親之旅。當作者心裡對父親有懷疑和怒氣時，回想起來的盡是不愉快的記憶，更不停地膨脹她對父親的失望與不滿。直到透過一連串機緣，包括離家求學、自己成為母親、父親失業、生病、年邁，使得作者對父親的印象慢慢發生變化，作者開始能以成人的眼光，看見父親在當年時空脈絡下真實脆弱的一面，也開始回憶起過去父女相處中甜蜜的點點滴滴。於是「回想起爸爸，我眼前出現的都是些愛意彌漫的畫面」！過去收到的禮物，突然歷歷在目。

這樣的心理轉折，讓作者最終能與父親和解，也讓自己能真實感受到父愛，令人動容。作者不但與父親和解了，也和自己心裡多年的苦澀孤單道別，得以放下糾纏多年的心裡疙瘩，找回了內心平靜。

家庭心理學的分化理論指出，孩子從父母的照顧與影響，一步步發展出自己的獨立人格，是成長的重要里程碑。然而離家的孩子還要能回家，與父母重新和好，在心境上才能真正成熟，脫離為叛逆而叛逆的自我宣告，和這個世界重新和解。

只是在華人社會文化的種種牽絆下，並不是每個孩子都能成功的離家、成功的回家。作者在這本書裡，展現了極深的情感與極大的智慧，能走出自己，再走回家，令我感動又敬佩。我相信其他的孩子，也能從這本書的故事得到鼓舞，找到回家的路。

趙文滔
台北教育大學心理與諮商學系 副教授
諮商心理師
2015年4月13日

推薦序

走過失落，清晰看見的，是愛的存在

我的爸爸在我十四歲那年過世。在他過世前，他一直在外地工作及生活，偶爾回家鄉探望我。我們聚少離多，雖然相聚的記憶畫面總是歡喜，但分離時刻的記憶畫面，卻也充滿痛楚。無數分離的日子裡，想念他的日子，總帶給我許多困惑：為何他能說離開就離開？為何他能輕易的離開我身邊？而我卻是如此的痛苦、如此悲傷？他真的愛我、在乎我嗎？還是，其實他不愛我？

所以，在他逝世後，往後有非常長的日子，我陷落在不知道「他是愛我，還是不愛我」的念頭中，受盡折磨。情緒更是在低落、哀傷、無助、沮喪、思念、困惑、憤怒、自責、罪惡感中，痛苦翻攪。這段經歷，也使我的青春歲月蒙上厚重的灰暗陰影，總在嘆氣聲中，無以解脫那籠罩在內心的陰暗。

我和小茹的故事，失去父親的脈絡雖有不同，卻都有一段讓我們疑惑的父女情，也有著長期被壓抑的，對愛的渴望。心中也隱藏著一份期待：想要確實感受、確實明白，爸爸，其實很愛我。

沒有哪個孩子，能無傷無痛的面對，那原本該給愛的父母親，不愛自己。如果父母親不愛我，那麼我的存在，將會成為可笑的、難堪的記號。在這世界上，更失去了憑藉自己是因愛存在的寶貝生命。

小茹因為自己成為人母，在開始照顧孩子，以及回應孩子這一份愛的需求的體驗中，開始了生命中必須與傷痛對話的勇氣。如果自己生命的內在盡是對愛的疑惑，盡是佈滿累積多年的傷痕，她要如何肯定自己是有愛的生命？又要如何能夠付出這一份愛，以豐盈她孩子的生命？

這是一份了不起的勇氣。真正的勇敢，並非是堅強，而是承認自己生命裡的黑暗；也就是曾經的傷痛、不堪、脆弱，失落及許多難以安頓的混亂。然後，深入黑暗中，真正的揭開黑暗，看懂黑暗，也認識黑暗。當人認識了自己生命的黑暗，而不盡是逃避及怨懟時，就是開始給自己一份重新理解生命的行動。

這本書，是本誠摯勇於承認悲傷的書寫。在書寫中，小茹願意歷經及承接自己情感，同時，給予自己好的時間、好的空間，允許自己回望、覺察、洞察、理解自己的悲傷為何物的過程。這也是一趟自我追尋，及對愛的探究之旅。

這樣的過程，往往帶來意想不到的領會及獲得。因為真實體會悲傷，也如實走過情緒歷程，會將許多過去認定的事，有一番不同的理解，這一份理解，將讓人重新詮釋他曾經以為的「事實」。而再理解的事實，不僅多了更多角度，也更能還原時空背景的影響因素，不再只是個人歸咎。

而如實穿越這一趟失落探索的旅程，便會發現，走過失落，清晰看見的，是愛的曾經存在。即使，曾經否定、曾經迷惘、曾經擺盪，曾經看什麼都不是什麼，模糊難以定義。但終究是走到了，柳暗花明又一村，再看到的，是清晰的愛，一直存在著。

蘇絢慧

諮商心理師、作家

推薦序
愛到底有多遠

今年新春，小茹寄來她的新著第三稿，名曰『爸爸其實很愛我』。

我緩慢地閱讀著、品味著，直感到通篇情思深沉，理路清晰，文筆雋秀，生活氣息濃厚，不時被她所描述的父女親情及矛盾糾葛所感動。站在第三者的角度，更深刻理解了父女間那種微妙複雜的隔閡，並為其帶來的誤會歎惋。

小茹出生在一座小城的小康之家。父親初中畢業後去當學徒，成為多才多藝的能工巧匠，後任一家國營建築公司的副經理，母親則是一位小學教師，還有一個備受父親寵愛的妹妹。小茹幼多才情，年有進境，以優異的成績，接受了良好教育。攻讀碩士期間，執著進取，精嚴敬慎，且清純質樸、沉靜謙和，表現了良好的治學潛力。畢業後，她放棄了優越的就業條件，隻身赴京開創事業，並在奮鬥期間，婚戀成家，哺育幼女，又迎接父母赴京，闔家團聚，令人欽佩、豔羨。

但是，小茹也在隱忍著內心的「痛苦」和「不幸」。她從小就感到「爸爸不愛我」，「只愛妹妹」，多有誤解和不平。升入大學後，她和父親的關係逐漸「變好了」，父親卻因重病逝世，年尚不滿花甲，令人扼腕。《爸爸其實很愛我》一書的創作，即由此而起。它作為一種親情的寄託和抒發，敘寫的多是「家務事、兒女情」，但其總體內涵，感人肺腑，令人深思，獨具思想和藝術品位。

《爸爸其實很愛我》是一本抒懷驗己的散文，它「情動於中而形於言」，有著厚實的生活底蘊。它是小茹在父親逝世三年後，懷著沉痛的思念，以哀悼、愧疚、懺悔和欽敬之情，精心結撰而成的。它厚積著作者從童年以至中年的人生境遇和心路歷程，既熔鑄著父女間本能的、發自內心的關愛所帶來的幸福和歡樂，又鬱結著莫名的矛盾糾葛所造成的委屈和憤懣。全書以「我找不到爸爸了」為觸發點，回環倒敘，反復穿插，經由一系列起起伏伏的生活經歷和情感波瀾，以及不時泛起的、對父親美好品格的反思和感悟，逐漸完成了從「爸爸不愛我」到「爸爸其實很愛我」的心靈轉化。自然而然，順理成章，扎實而又深刻。

小茹著力抒寫的雖是父女親情，卻並非狹隘、孤立的一己之愛憎。作為長篇紀實散文，它處理的是「親人之間的愛究竟該如何表達」、「父母和孩子究竟該如何相處」這樣的社會話題。

小茹以自己多年的學養、體驗所給予的答案，不僅傳達了家庭多滋多味的相處情愫，更彰顯出社會教育中多元化的哲學。作為一家之說，無論其正誤得失，繁簡難易，都將會使人們有所對照、檢驗和思考，進而見諸行動，在家庭關係方面，表現積極的實踐意義。

《爸爸其實很愛我》作為女性散文作品，寫得真切、細膩，由小見大，細節傳神。小茹主要通過對生活情景的細緻回憶來表現自己的心路歷程：諸如小茹童年時，父親精心特製的儲蓄盒，已儲滿啟封，其中的硬幣，至今一分未動；小茹工作後特意給父親買的茅台酒，父親也珍藏著，直到小茹把它滴灑在父親墳前；父親受病痛折磨，小茹夜奔千里，趕來照護，翻身、餵食、排便，無微不至；父親關懷著小茹婚戀、事業的各方面，無事不與，臨終前還惦念著小茹的外語考試，叮囑：「不求上進可不行啊！」這些包容在各種事件過程、時空境況和心理活動中的細節，猶如零金碎玉，散佈全書，沒有虛構，沒有粉飾，既不回避，也不隱匿，原原本本地反映著生活真實，使人如臨其境、如歷其事、如見其人。

在寫法上，全書以「表現自我」，亦即表現人們的內心活動為中心，超越時空、物我交融、錯綜穿插，首尾圓和，渾然一體。全書的創作手法很有意識流的味道。「文場筆苑，有術有門」。但在《爸爸其實很愛我》的寫作過程中，小茹或許並沒有自覺地、刻意去鑒用什麼表現手法，只是她讀得多、學得多、寫得多了，自然就會受到潛移默化的影響，不知不覺地用到自己的寫作實踐中來，如同鹹鹽溶之於水，只得其味而不見其跡。這就要逐漸達到「知法用法」、「法而無法」、「法寓於無法之中」的藝術境界了。

林衫
2014年4月5日

林衫

一九三三年九月生，河北故城人。

內蒙古師範大學教授、文藝學創作論碩士研究生導師。

曾任中國散文學會理事、中國寫作學會常務理事、內蒙古自治區寫作學會會長。

作品有《文心雕龍創作論疏鑒》《文心雕龍文體論今疏》《文心雕龍批評論新詮》《寫作簡論》《中國寫作理論史》等。

肆……永別又重逢

伍……我終於在眼淚中明白

後記……一程山，一程水，唯愛永恆

讀後分享：在愛中所受的傷，唯有在愛中得以痊癒

壹　爸爸去哪兒了

三年前的那天是二十四節氣中的小滿，
那天過後，我再也找不到爸爸了。

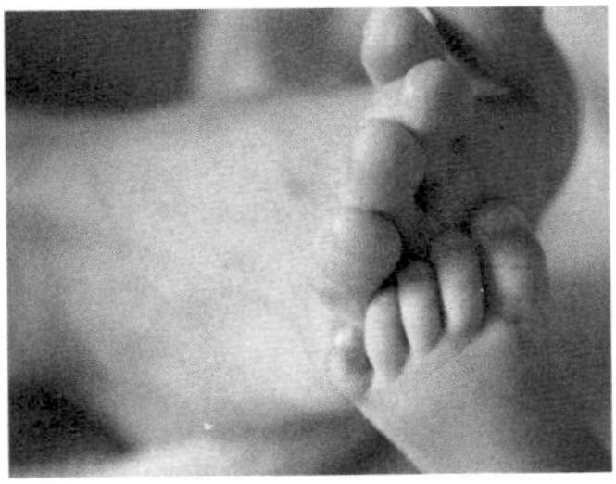

然然的問題

這兩三年，日子像長了腳，一刻不閒地從早跑到晚，而我也如同停不下來的陀螺，手上總有做不完的事，心頭卻常被莫名的壓抑困擾，但我從沒仔細找過原因。直到有一天，這個「陀螺」被一顆突如其來的石子硌了一下——上幼稚園的女兒然然突然問我：

「媽媽，你的爸爸呢？」

不知道這麼大的孩子腦袋裡都裝了些什麼，總會有些奇奇怪怪的念頭。這樣一個問題，就在我收拾房間時，突兀地從她粉嘟嘟的小嘴裡脫口而出，沒留給我絲毫提示和心理準備。我放下手上的拖把，直起腰，茫然四顧：然然正低頭把一塊積木當作小車在沙發的扶手上推來推去，彷彿剛才那句問話和她一點關係都沒有。陽光透過玻璃打在地板上，光束中有細微的塵埃在浮動，花盆裡的綠蘿一如往常在電視機旁傾瀉著一叢略帶鵝黃的嫩綠。是啊，不是每個人都有自己的爸爸嗎？在然然眼中，她同學的爸爸們每天在幼稚園門口接送他們，她的爸爸每天晚上會給她講好聽的故事，她爸爸的爸爸，也就是她的爺爺經常給她打來電話，甚至，她爸爸的爸爸的爸爸—她的太爺爺還抱過她哩，而我，我的爸爸在哪？

他應該就在我的身邊，或許就在沙發上輕飄飄的空氣裡打盹？或許正站在窗外靜靜地凝視著我？可是，我看不到。這個新家，他只來過一次，是拿到鑰匙的那天，開車帶他和媽媽來看。由於路不熟悉，我把車停在了社區的西門。那天風很大，我抱著然然緊跑，他在媽媽連牽帶拽下也幾乎一路小跑著，踉蹌地穿過狹長的社區，終於來到位於東門附近的這棟樓。他在房間裡東摸摸，西敲敲，晚上回去就給老家的姑姑們打電話炫耀我換了大房子。可是現在，我的爸爸呢？他到底在哪？只來過一次的他，還能找到這裡嗎？

我的爸爸呢？

房間裡那麼安靜，能聽到窗外嘰嘰喳喳的鳥叫聲，院子裡的白玉蘭也開了，春天再度來臨。我卻看不到爸爸。

小人兒大概等得有點久，沒得到答案，不甘心地抬頭追問：「媽媽，你的爸爸到底去哪了？你怎麼不說話？」然然的眼睛那麼透亮純淨，同每次她問我各種海闊天空的問題時沒什麼兩樣。

「我的爸爸，三年前就去世了，我找不到他了。」我的嘴唇乾得像要裂開，喉嚨突然一陣緊縮，發出來的聲音澀澀的。

「去世？去世是什麼？」小人兒放下積木，瞪大了眼睛。

「去世就是離開。一個人去世了，就再也看不到他了，這個世界再也沒有他了。」

「為什麼要離開？為什麼離開就再也看不到他了呢？為什麼這個世界再也沒有他了？那他去哪個世界了？」然然每次都會這樣刨根問底，連珠炮般拋出一串問題。真不知道該怎麼和孩子解釋生死，她實在太小了。

「嗯。他也許去了另一個世界，我也不知道。」第一次這麼敷衍然然，實在不知該如何繼續這個話題。

「哦，我知道啦，他一定是去了別的星球，就像小王子的那個星球！」謝天謝地，然然沒有再追問，而且自己給出了答案，興高采烈地跑向房間尋找她的下一個玩具去了。

很快，房間裡傳來翻箱倒櫃的聲音，嘩啦啦的，然然一定把床下那個大玩具箱又拖出來了，而且倒出所有玩具，我剛剛的收拾全白費了。可是，她剛才說別的星球？她說我的爸爸去了別的星球，就像她爸爸每晚給她講的聖—艾修伯里的《小王子》中，小王子的那個星球？那麼，當夜晚來臨，如果我抬頭望向天空，能找到那顆星球嗎？爸爸在他的星球上能遙望到我嗎？

在回答過這個問題之後，隔了半年左右，然然和我之間又有一次突如其來的對話。那晚，然然的爸爸還沒有下班回來，她一邊念叨著想爸爸，一邊突然問我：「媽媽，你想你的爸爸嗎？」孩子的話看似漫不經心，卻讓我有片刻愣怔。我仔細想了想，爸爸去世後我幾乎很少在家人面前提及「想念」的話，平淡生活的掩蓋之下，我對爸爸的思念還有多少？

我在心裡鄭重地問自己：「三年過去了，你還想你的爸爸嗎？」是的，很想。我確信聽到了內心真實的答案。於是我坦然回答：「想，很想。」

但然然似乎並不滿意，那一刻她就像爸爸的代言人，繼續追問：「為什麼呢？」

為什麼呢？然然的問題再次難住我了，我為什麼還會想爸爸？

或許在很多人看來，這並不能成為一個問題，女兒思念過世的父親，需要理由嗎？然而，對我來說，這個問題確實很難回答，原因就在於——這麼多年我始終覺得爸爸並不愛我，一廂情願地思念一個並不愛你的人，豈不是自作多情？

然而，我還是覺得自己想他，哪怕這種想念只是「單相思」。

於是，我堅定地回答然然：「因為我愛他，可是我再也看不到他了。」

就像要驗證我的回答一樣，這次對話之後不久，我們一家三口到泰國度假，竟然每晚都會夢到爸爸。在普吉的一個夜裡，我還因為夢到爸爸而在夢中大哭，直到驚醒。醒來時，是深夜兩點，窗外是異國陌生的夜空，陽臺上昏暗的燈光在角落裡寂寞地亮著。我披上衣服，坐到陽臺的籐椅上，看夜空裡撲面而來的雲聚了又散，樓下是靜無一人的泳池，所有的熱鬧喧囂都歸於沉寂，白天的一切都已隱去，靜默之中似乎暗藏著很多未知的祕密。我回想剛剛經歷的夢境，忽然感到恍惚：那究竟是一場夢，還是真實存在的情境？怎麼竟至於哭醒？真的有那麼痛苦嗎？我不是早想明白了——爸爸根本不愛我，即使他還在世又能怎麼樣？反正他不愛我。

回頭看看熟睡中的然然，幾天前和然然的那次對話再次響起：

——你想你的爸爸嗎？為什麼？

——想啊，很想。因為我愛他，可是我再也看不到他了。

這是我真實的想法嗎？

我愛他，即使他不愛我，我仍然想他，愛他，只因為他是我的爸爸，是這樣嗎？還是因為他並不喜歡我，讓我受了三十幾年的委屈和傷害，所以我壓根不再想他、不再愛他，我給然然的回答是自欺欺人的謊言？

為什麼我一直在和自己拔河？清醒時的我，隨著時光過去，分明已不再那麼想念，至少沒有那麼刻骨銘心。但夢境卻一次次暴露我的潛意識：我那麼依戀他，愛他，想他，不希望失去他。而越是如此，我就越是傷心，因為我的這些愛戀，爸爸永遠不會知道，就算他知道了又能如何？他最愛的還是妹妹。每每想到這裡，我胸口就發悶，想要努力忘掉那些感覺。

爸爸的肖像畫

然然的問題讓我看清自己以忙亂掩飾的內心，那說不清道不明的壓抑來源——或許是因為我一直在逃避爸爸已經離去、而且並不愛我的事實吧。深夜無眠，思念翻湧而至，我試圖從那些支離破碎的細節裡拼湊出爸爸的樣子。

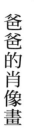

小學二年級的時候，我第一次走進攝影暗房——學校美術組有一間被老師用窗簾布圍起來的小小暗房。我看到底片在顯影液的作用下，慢慢顯露出圖像，那神奇的瞬間曾驚得我大睜雙眼。然而此刻，當我在夜裡再次睜大雙眼，回想起爸爸，卻像把顯影的動作慢慢倒退回相反的過程，爸爸的音容笑貌彷彿浮蕩在時間的河流之上，在巨大而虛無的暗房裡，慢慢褪色、模糊，最終消解於無形。

我手中留下的，只有那幅七八歲時製作的木刻版畫——《我的爸爸》。畫面上是一個中年男人的頭部特寫，兒童畫特有的筆觸誇張地勾勒出輪廓：大而圓的臉龐上，雖沒有濃眉大眼，但相貌端正，鼻直口方。爸爸的頭上戴著一頂安全帽，背景是個建築工地，有高高的吊車和鷹架從他身後遽然探出，指向畫面之外，顯示出一派喧鬧。與這喧鬧相呼應的，是爸爸胸前戴著的口哨，似乎他隨時都會吹響那口哨，揮動旗子指揮吊車的前行軌跡。透過畫面，近30年前的畫外音依稀響起——

「爸爸，我想去你的工地寫生。」

「不行，不安全。」爸爸的回答嚴厲得不容更改。

「我戴著安全帽嘛！」我不死心地小聲央求。

「那也不行！你以為戴安全帽就安全？我說不行就是不行！」

爸爸邊說邊走，頭也不回地離開了。

是的，就像畫上那樣，爸爸是個建築工人。我想去的工地，是爸爸單位眾多工地中的一個，就在家門口，我即使邊玩邊走，五六分鐘也就到了。可是只要爸爸不同意，我就不能去。爸爸那時已是調度員，有時會戴著安全帽回家，我全然不知道調度員是什麼，更不知道他在建築工地上又是怎樣工作的，只能憑著想像和對「調度」這個詞的理解，畫出了工作中的爸爸。

因為趕上了文革，爺爺奶奶捨不得讓他下鄉，所以在他十五歲那年，他們託人把他送進國營建築公司做學徒，從此他就和建築工地打了一輩子交道。爸爸做過白鐵匠，也做過油漆工。因為有文革前重點中學的學習底子，他寫得一手好文章，所以很快就做了公司的宣傳幹事；又因為聰明肯學，在公司內部培訓時常考第一，所以後來又做了材料員、技術員、調度員、小組長、副隊長，改革開放後成為分公司的副經理。

爸爸雖然是建築工人，卻不像那時宣傳畫上的「工人老大哥」般擁有高大健碩的身材，與滿是肌肉的雙臂。嚴格來說，爸爸應該屬於那種「五短身材」：個子不高，卻胖乎乎的，因為脖子、胳膊、腿都短，又有著微微凸起的肚子，所以整個人看起來圓滾滾的。爸爸手掌厚，手背上肉乎乎的，伸平了就會在手指和手背連接的地方看到五個小小的肉坑，就像胖胖的嬰兒的手。唯一看起來像工人的地方，是爸爸的膚色偏黑，是那種黃色皮膚常年經受風吹日曬後形成的黑。

爸爸的「非典型性」工人特質，還體現在他的衛生習慣上。雖然爸爸的性格中有著工人們普遍擁有的粗獷豪邁，但他從不因工作條件的艱苦而放任自己邋遢粗魯。我給爸爸畫的肖像中，掩蓋了一個細節，就是爸爸的頭髮——畫中的爸爸戴著安全帽，如果爸爸「摘」掉帽子，就會看到他的頭髮不多，早早地呈現出需要「地方支援中央」的架勢。愛乾淨的爸爸，每晚盥洗時，除了常規的洗臉、洗腳、洗襪子外，還要比別人多一道——總是連帶著把頭髮也洗了。

爸爸喜歡整潔有序的環境。他找人幫忙打了個工具箱，家中的每樣工具都在裡面碼放得整整齊齊。他疊的被子幾乎可以與軍隊的「豆腐乾」媲美。那些買回來需要用功苦讀的工程書，他總是細心地包上書皮，工整地寫好名字，再一一在寫字檯上擺放整齊，即使翻看過多遍，也絕沒有捲邊的現象。

爸爸對待工作特別認真仔細。工作中需要寫工程日記，日記本是單位發的日記格式的稿紙，最上面有一欄需要填寫當日天氣，就是這樣細節，爸爸也從不應付，他總是聽了天氣預報，認真記下陰晴雨雪與氣溫高低，多少年從無間斷。

爸爸走路的時候總是不疾不徐，一步步穩當當的，讓人感到踏實。

作為一個工人，爸爸的技術也相當不錯。我小時候，總有親戚鄰居找爸爸幫忙做點切玻璃、刷油漆的活。大概因為爸爸做事認真，他做的工總是讓人嘖嘖稱讚。

我長大後也見過別人切玻璃，刀子在玻璃上劃得哧哧響，卻未必能一下即斷，往往反覆劃了又劃。而當年看爸爸切玻璃，簡直像是看藝術表演。往往會有很多人圍在他身邊，小孩子又怕又好奇地在人群之外，想擠進來又有些猶豫，我得天獨厚地站在爸爸旁邊，有時還幫他打打下手。爸爸通常會看似輕鬆地用捲尺確定好兩個點，再用木尺對準兩點連成的直線，然後十分俐落地用玻璃刀沿著木尺劃出線來，人群在那時往往屏住了聲息，玻璃刀劃過時的聲音變得異常清晰，然後爸爸用雙手分別按住玻璃兩端，隨著一聲清脆的聲響，玻璃便斷了。如果是面積較大的玻璃，爸爸也是同樣的做法，只不過在玻璃刀劃過之後，爸爸會輕輕抖動玻璃的一側，再稍稍向下用力，在眾人尚無準備的情況下，那一聲清脆的聲響便已發出，玻璃同時恰到好處地分離成預定的兩塊。最要緊的，爸爸切出來的玻璃，尺寸總是分毫不差，從未用過第二次刀。

爸爸刷的油漆，很少滴得到處都是，而且刷過之後的牆面光滑平整。爸爸說，油漆一般要刷兩遍，第一遍橫刷，這樣雖然會有油漆向下流，但是沒關係，等到乾了以後再豎著刷一遍，就看不出第一次刷時流下來的痕跡。

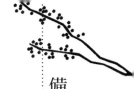

備受寵愛的「孩子」

有時我會想像爸爸的出生、童年、少年、青年，那些我不曾與之相逢的人生。我眼前常會冒出一些場景，就像某個年代久遠的電影片段，比如，他出生時的那一幕。

一個遠離故土，經歷戰亂的中年廚師，已年過四十，仍無兒無女，妻子死於災荒。生活或許已將他打磨得毫無鬥志，儘管內心苦悶，但也漸漸安於命運的安排。忽然有一天，命運來了轉機。先是新中國成立了，他所在的飯店迎來了公私合營，他成為後廚的一個主管。緊接著，在熟人介紹下，他與住在近郊的一個女子相識。女子和他同樣命苦，丈夫死於日本人細菌戰帶來的鼠疫，帶著一個未成年的孩子，孤苦伶仃。兩個苦命人相遇，彼此覺得合適，便組成了新的家庭。從此，他的人生有了很大的不同：在迎娶了這個小他十歲的第二任妻子後，不僅日子漸漸有了生氣，而且妻子還懷了孩子。看著她漸漸隆起的小腹，他的心中會有怎樣的甜蜜和希望？當妻子臨盆，平安產下一個男嬰時，這個四十多歲的男人，該有怎樣的狂喜？男嬰在這個重新組成的家庭裡，又該享受著怎樣的萬般寵愛？

——廚師是我的爺爺，而這個備受寵愛的孩子就是我的爸爸。

爺爺老來得子，偏巧爸爸後面接連四個妹妹，再沒一個男孩。所以爸爸從小到大，是在爺爺奶奶、四個姑姑的寵溺下長大的。爸爸初中時，趕上了文革，爺爺奶奶盡一切力量保護他，讓他免受下鄉之苦，他們把大姑送下鄉了，又送二姑，送了二姑送三姑，他們說就算把四個女孩都送下鄉，也要把爸爸這唯一的男孩留在城裡，留在他們身邊。

奶奶在世時，常常提起一件趣事，那是爸爸唯一一次挨打未遂的經歷。奶奶總是那樣悠悠地盤腿坐在床頭，笑咪咪地沉浸在往事中：「從小到大，都沒捨得打你爸爸一下。就只有一次啊，他不知道怎麼把老太太（奶奶說的老太太，是爸爸的奶奶）惹著了，你爺爺多孝順的人啊，別的事沒關係，惹老太太生氣可是大事。你爺爺抄起傢伙就要打他。你爸爸也是機靈，一下子跳到炕上，順著窗戶就跑了，動作比猴子都快！你爺爺後來氣得也就只剩下笑了，他哪捨得真打他這個寶貝疙瘩啊。」奶奶說完，總是看著遠處，因為想起爸爸調皮的樣子而笑得止不住。幾乎每次奶奶說這往事的時候，爸爸都在，但他只是在旁邊靜靜地笑著聽，從不反駁，也不羞惱。

爺爺對爸爸的疼愛更是溢於言表。自打我記事起，爺爺見到爸爸從來都是笑咪咪的，直到他八十來歲的時候，提起爸爸，最常用的稱呼還是：「我那老小子」或「我的老兒子」。小時候，我們和爺爺家在一個院子住，爺爺每晚必等爸爸回家才安心。冬天的早上，若是爸爸起得晚一點，爺爺就會因為擔心爸爸煤氣中毒而坐立不安，在我們家屋外來回搓著手走，直到看見爸爸平安出門，他才能安心地回到自己的房間。

據說，爸爸在結婚前，他所有的衣服、襪子、帽子都是大姑負責清洗的。爸爸在家裡說一不二，他覺得一切都理所當然；所以，儘管爸爸不會做任何家務，但他卻見不得家裡髒亂，對飯菜的口味也很挑剔。

結婚後，做了父親的爸爸，還是經常一副孩子樣。小時候，我手上拿著好吃的，無論是糖果還是水果，他都會笑呵呵地說：「給爸爸吃一口。」一般情況下，當孩子們真的舉起手中的食物時，家長總會說些「媽媽（爸爸）不吃，逗你玩呢」的話吧，可爸爸不是，他總是很誇張地咬一大口下去。尤其是蘋果，往往隨著「給爸爸吃一口」的話，蘋果就只剩下三分之一了，當我目瞪口呆地看著手中剩下的蘋果時，爸爸總是得意非凡地哈哈大笑而去。

奶奶在嫁給爺爺時，帶過來一個孩子，就是我的大伯。多年來，從沒有人捅破這張窗戶紙，大伯改了爺爺的姓，和爸爸如同親生兄弟。可是在爸爸五十多歲的時候，他突然因為姑姑們和大伯關係更好而吃醋，在一次家庭聚會時，他居然對二姑非常不滿地說：「我才是正宗的嫡子，你們為什麼對我沒有像對大哥好？」這話分明就像一個受冷落的孩子在撒嬌，除了惹得他的妹妹們哈哈大笑外，沒人和他較真。

有時，看著然然，我會想，孩子的特點是什麼？喜怒不定？自然真實？善良單純？如果這樣看，爸爸終其一生，都是個備受寵愛的「孩子」。

爸爸為人正直，活得真實且善良。他會為一些小事感動、流淚。看電視的時候，他也常常會因感人的鏡頭而紅了眼圈。

一年冬天，有個老人到他公司附近賣掃帚。爸爸見老人可憐，就把他讓進了辦公室，還沏了一杯熱茶，然後找來負責辦公用品採購的股長，對人家說：「老人家不容易，能多買幾把就多買幾把吧。」爸爸當時已經做到副理，材料股長誤解了爸爸的意思，以為老人是爸爸的親戚，所以把一整車的掃帚全都買了下來。這事後來成了他們公司的一個段子，流傳多年。每次有人提起這事，爸爸總會很認真地說：「唉，那個老人真不是我親戚，我壓根兒就不認識他呀，可你們當時沒見著，他凍得鼻涕都流出來了，那麼大年紀了多不容易，能幫就幫幫吧。要不是家裡實在困難，誰會這麼冷的天出來賣掃帚！」有時，他還會感慨地加一句：「賣炭得錢何所營，身上衣衫口中食啊！」

爸爸善良，卻也軟弱。

那一年，我正在辦公室裡忙碌，手機突然響了，是爸爸的號碼。接通後，他叫了我的名字，就開始哽咽，著實把我嚇了一大跳。

「爸，怎麼了？出什麼事了？」我焦急地問。

「孩兒啊，你能不能請假回來一趟？你媽要做手術。」爸爸邊哭邊說。

「什麼手術？爸你別著急，慢慢說。媽媽到底怎麼了？怎麼突然就要做手術呢？」

爸爸在我的追問下才說：「你媽得了膽結石，醫生讓做膽囊摘除，我不敢簽字，你還是快回來吧。」

放下電話，我立刻請假回家。

爸爸見我回去，好像終於找到了依靠，釋然地長出了一口氣。當我在媽媽的手術知情同意書上簽字時，爸爸緊張得連看都不敢看。

媽媽進了手術室，姑姑們都在外面等待。爸爸一個人坐在走廊，默默地流淚。姑姑們互相擠了擠眼睛，笑爸爸軟弱的樣子，這一笑讓爸爸的委屈爆發了，他一邊流淚一邊說：「要是你嫂子真有個三長兩短，我可怎麼辦？我活著還有什麼意思！」姑姑們安慰他，膽囊摘除只是個微創手術，不用那麼擔心，一定會沒事的。爸爸卻較真說：「你們知道什麼，你嫂子萬一麻藥過敏呢？手術萬一失敗呢？那同意書上寫得可嚇人了，不怕一萬，就怕萬一。」說完，爸爸竟然嗚嗚地哭出了聲。

直到媽媽手術結束，平安地從手術室推出來，爸爸才放下了一顆心。

夜晚，爸爸在病房裡支起一張折疊床，堅持要陪。我和剛做完手術還很虛弱的媽媽，正輕輕說著話，爸爸那邊已經鼾聲如雷了。媽媽看著熟睡中的爸爸，無可奈何地笑了。我對媽媽說：「媽，你不知道你動手術的時候，爸有多緊張。他在走廊嗚嗚地哭呢，當著那麼多親戚的面。」媽媽點點頭：「他有時候就像小孩。你看，現在手術做完了，他徹底放心了，你又在身邊，他覺得有了依賴，睡得多香。」

有時候，爸爸竟會可憐巴巴地說：「你爸有什麼能耐啊，就這樣了，這輩子就這樣了。」「老爸以後就指望你們了。」在我心裡，男人應該是家裡的頂樑柱，天塌下來也應該面不改色的，爸爸那副樣子，讓人有種說不出的失望。

軟弱也就罷了，爸爸讓我最難以忍受的是他的臭脾氣。某種程度上，他的暴脾氣讓我的童年留下很多陰影，甚至導致現在的我成為一個幾乎無原則袒護孩子的媽媽。然然的爸爸稍稍對她嚴厲點，我就受不了，會為此不停地和他溝通，反覆勸他慈祥點，耐心點。或許我的潛意識裡覺得寵愛然然就像在彌補當年的自己吧。我實在怕極了爸爸，他有時就像個憤怒的暴君。

爸爸並不罵人，也極少說粗話，但是嗓門高，脾氣大。他發起脾氣來，會跳著腳吼，眼睛瞪得很大，邊吼邊揮著手，氣勢洶洶，聲音大得像打雷，雖然不砸東西，但是會摔門。有時在家裡發了火之後，爸爸就砰的一聲推開門揚長而去。只留下一屋子憤怒的空氣，騰起四處亂竄的煙塵，讓我躲在角落裡心有餘悸。

小時候我總是丟三落四，做事也毛毛躁躁，所以容易因此挨打，但可能是我太過敏感，每次挨打都會傷心很久，所以，直到現在還記得那次爸爸媽媽讓我去打醬油，我到食品店才發現手裡只剩下一個空瓶子，錢卻怎麼也找不到了，哭著跑回家，迎接我的是爸爸的暴怒。還有那次，我伸手去拿箱櫃上的茶杯，儘管搬了小板凳還是搆不到，結果失手把杯蓋掉在地上摔碎了，爸爸當時簡直怒不可遏。再有一次，媽媽給我買了條紗巾，我拿在手裡玩，突然就被風刮跑了，怎麼也追不回來，又惹爸爸大為光火……。

媽媽過日子很節儉，捨不得買太貴的東西。我們小時候，冬天流行穿那種暖和又結實的翻毛大頭皮鞋，這種鞋穿上許久也不會壞。可是媽媽給我買的鞋，可能因為是品質稍次的便宜貨，才穿了一天，就被我踢出一個洞。這次爸爸火氣最大，他踢了我，把我的屁股都踢得腫了，不敢坐板凳，睡覺也只能趴著。我哭著睡著後，半夜裡被媽媽和爸爸的爭吵驚醒，我看到媽媽邊哭邊在燈光下給我補鞋。她怪爸爸不該發那麼大的脾氣，鞋子壞了確實是品質不好，不全是因為我淘氣。爸爸堅持認為是我不知道愛惜東西，也埋怨媽媽不會買東西。

因為我的過錯發脾氣也就罷了，他有時也生媽媽的氣。常常和媽媽說著話，突然就急了，正吃著飯就會砰的一聲放下碗筷，氣呼呼地發洩一通。有時是一進家門，就因家裡亂糟糟的環境而發火，他會一邊叫著媽媽太邋遢，一邊發作他的怒氣。

最能說明爸爸暴躁脾氣的，是媽媽念念不忘的一件往事。那時他們結婚沒多久，媽媽買了點肉回來，爸爸說媽媽不會過日子，那塊肉買的不好。開始時可能只有一點生氣，後來大概因為媽媽和他抱怨了幾句，爸爸的火氣就引燃了，媽媽說，爸爸當時跳著腳發洩了半天，還把肉扔到地上，最後用腳狠狠地踩了又踩，氣得摔門而去。不過，等爸爸的脾氣過了，他很後悔，回到家，把肉認認真真洗淨，還向媽媽道了歉。

後來，他為了克制自己的情緒，曾經在家裡寫了一些小紙條，上面標著一句話：遇事冷靜五分鐘。再有脾氣上來的時候，只要他看到小紙條的提示，就會自己看著手錶，直到分針走過五格。這一招往往收到奇效，五分鐘過後，他的火氣多半也就消了。但這辦法只用過幾次，時間久了，他仍然我行我素地任由自己在惡劣情緒的帶動下，暴跳如雷。

小時候我很愛看電視，但爸爸總是不讓我看，我就磨磨蹭蹭坐在旁邊不肯離去，想著能多看兩眼，爸爸有時就很生氣，他衝我吼：「看什麼電視！回你房間去！」「學習去！」有一次，大概是我離開得慢了一些，盛怒下的爸爸突然從沙發上躥起來，奔向電視，啪地把電視關了，然後呼哧呼哧喘著粗氣說：「這下好了！誰也別看！」這種情形發生了兩三次後，只要爸爸在家，我就很少看電視了。

有一年除夕夜，窗外是此起彼伏的鞭炮聲，爸爸蒙著厚厚的棉被在床上大睡，全家都很煩躁。無聊的我，悄悄打開了電視，爸爸在床上顯露出明顯的不耐煩，他翻了一個身，發出很大的聲響，我慌忙把電視的音量調小，可爸爸顯然還不滿意，他又翻了個身，發出更大的聲響，我看看爸爸，又望望在廚房忙碌的媽媽，有些不知所措，難道連春節聯歡晚會都不能看嗎？爸爸含糊著說了一句氣話，我沒聽清，爸爸突然裹著被子坐了起來，瞪著眼睛，氣呼呼地看著我，然後就蹦下床，用力地把電視關掉，又一個人躲回被子裡大睡去了。剩下我默默流著眼淚，走到另一個房間，靜靜地躺到床上，看窗玻璃上映照出五顏六色的煙花，心裡滿是怨氣地想：莫名其妙的暴君！暴君！早晚有一天，我要離開這個家，離你遠遠的。

當然，爸爸並不總是發脾氣。在他心平氣和的時候，還是個有些情調的「文藝青年」。有一件微不足道的小事，卻曾讓我對爸爸暗暗稱奇。那時我已經成家，某個週末，我隨手拿了張古典音樂的光碟放在電腦上聽，然然爸順口問我：「這是什麼曲子啊？」

我正準備看看包裝盒上寫的曲目名稱，坐在客廳沙發上的爸爸不緊不慢地回答：「應該是《藍色多瑙河》吧？」

而我也剛巧看到碟片上印刷的曲目：藍色多瑙河。

這讓我十分驚訝，記憶中爸爸雖然並不排斥西方古典音樂，但是從未記得他對這些如此熟諳？我正疑惑著，卻聽到因為腦血栓後遺症，使得腦部神經受損，記憶力、判斷力和邏輯能力都嚴重下降的爸爸緩緩地解釋：年輕時看過電影，這是那部電影裡的插曲，所以就記住了。

爸爸和媽媽有很多不同，其中一個就在文藝品味上。爸爸在城市裡出生長大，小學、初中讀的都是當地的重點學校，如果不是遭遇文革，他應該能順理成章地繼續升入高中、大學。爸爸喜歡音樂，還會用笛子吹奏簡單的小曲，也愛哼唱流行歌，還是個鄧麗君迷。我念高中時流行李麗芬的歌，有一次我居然聽到爸爸在家裡小聲哼唱「愛江山，更愛美人，哪個英雄好漢寧願孤單……」

儘管文革阻斷了他繼續升學的可能，但是爸爸卻從未放棄對讀書的熱愛。古今中外的名著，凡是能找到的，他都讀過。媽媽戲稱爸爸是「百科全書」。小時候，凡是我想知道的文史知識，到爸爸那裡總會得到正確答案。只要手頭有書，爸爸就不會覺得無聊，他總是靜靜地一個人或躺或靠，讀著各種書籍。我家對面是市圖書館，爸爸去那裡辦了長期的借閱證，隔三差五就抱回一堆書來。我最早就是透過爸爸接觸到了唐傳奇、明清小說，後來又瘋狂地愛上爸爸借回來的《福爾摩斯》。爸爸也愛買書，很多年裡，家中訂閱著《收穫》、《十月》等文學期刊，直到爸爸去世後，媽媽在整理家中的書櫃時，還發現有很多保存完好的《唐詩三百首》、《古文觀止》、《初刻拍案驚奇》、《二刻拍案驚奇》、《喻世明言》、《警世通言》、《醒世恒言》等書。

爸爸上學的時候，曾是校廣播室的播音員，他有一副渾厚的好嗓子，酷愛朗讀。每每吃過晚飯，爸爸心情好的時候，就會聲情並茂地朗誦一段古詩或者背誦他上學時記下的課文：「九歲的凡卡・茹科夫，三個月前給送到鞋匠阿里亞希涅那兒做學徒……」「紅軍不怕遠征難，萬水千山只等閒，五嶺逶迤騰細浪，烏蒙磅礴走泥丸。」在「蒼茫的大海上，狂風卷集著烏雲。在烏雲和大海之間，海燕像黑色的閃電，在高傲地飛翔」。爸爸的聲音那麼渾厚有力、鏗鏘頓挫，他喜歡一邊背誦一邊配以動作、表情，讓他的聲音更富感染力。

聽媽媽說，爸爸年輕時喜歡寫東西，他的小詩還多次發表在公司的內部刊物上，在單位裡也算是小有名氣的才子了。最出眾的一次是刊登在當地的黨報副刊上。爸爸當年寫給媽媽的信，讓媽媽覺得這個人博學而有才華，所以才下定決心和他結合。不過，只有初中文化的爸爸做的小詩在我看來充其量只能稱得上打油詩，讀來更像是順口溜。小時候，我在鄰居家的雜誌上，看到一幅插圖，就臨摹了下來。畫面上是一個微胖的人，穿著背心，背心掖到了褲子裡在踱步，一手背在身後，一手拿了書邊走邊讀。爸爸看了這幅畫後非常高興，他舉著畫左看右看，然後呵呵笑著在旁邊題了一首詩〈見茹兒臨摹畫有感而抒之〉：「此畫頗像我，身矬心亦拙。志大才疏兮，奈何需求索。」這首小詩充滿了自嘲，卻也和小畫相得益彰、頗有趣味，我和爸爸每每想起來都會興致勃勃的一起大聲背誦。年歲漸長，我竟慢慢品味出爸爸的「詩」，雖然上不得大雅之堂，卻別有一種天然拙樸的「樂府」味道。

有一年我過生日，爸爸寄了一張小卡片，背面寫了一首小詩：「依依慈母心，養兒到如今。終成有用材，孝敬父母親。勤能補手拙，惜時當如金。用好手中筆，服務為人民。」爸爸還曾送給我和妹妹一首詩，題目是「贈愛女」：「好女當自強，賽過好兒郎。學得乾坤筆，方可做棟樑。姐妹相扶將，攜手向前方。立業成家後，勿忘爹與娘。」

但並不是所有人都能理解爸爸豐富而細膩的「詩人」之心，比如我的姑姑們。奶奶家是個大家庭，每年奶奶過生日那天都是全家最熱鬧的日子，一家老小二十幾口人歡聚一堂為她祝壽。酒酣耳熱的時候，姑姑們和大伯、爸爸會給奶奶獻歌祝酒，姑父們會拉著二胡助興。爸爸每次也唱歌，《紅星照我去戰鬥》、《草原上升起不落的太陽》經常是爸爸的保留曲目。可是有一年奶奶過生日，爸爸唱過歌後，又充滿感情地在生日宴會上即興賦詩一首〈賀母八十壽辰〉：「高堂華誕宴，愚兒淚沾襟。久已有雙女，更覺慈母心。勤儉苦度日，幸福到如今。願母更長壽，吾輩盡孝心。」尤其當說到「久已有雙女，更覺慈母心」時，他的眼圈開始慢慢發紅。但是姑姑們都覺得有些煞風景，本來是祝壽的熱鬧場面，她們接受不了爸爸的眼淚，大家七嘴八舌地調侃著爸爸：「小哥，你看你，又來了，動不動就哭。」「誰說不是呢，大老爺們，怎麼動不動就掉眼淚，你丟人不丟人啊。」「這好好的日子，你哭個什麼勁啊！」奶奶沒有說話，只是笑呵呵地看著她五十多歲的兒子，我不知道她是不是真的懂爸爸的詩，了解這個她視為心頭肉般兒子的一片孝心。

用現在的話說，爸爸的「文藝範兒」是深入骨頭裡的。有一年中秋，爸爸非常有興致地準備了月餅、水果，把蘋果、香蕉、葡萄都洗乾淨，整整齊齊地碼放在盤子裡，又備好茶水，然後將家裡的餐桌搬到了小院裡，一家人坐在院子裡，靜靜地看天上的流雲逐漸遮住月亮，又漸漸飄散。爸爸喝著茶，好像有滿腹感慨，又好像心滿意足，他並沒有多說話，只是微笑地看著在旁邊蹦跳的我和妹妹。只可惜塞外的中秋之夜，風冽濕重，難得的雅興很快被寒冷驅散，沒過多久，一家人便乖乖回到了室內。

中秋賞月沒有盡興，卻不妨礙爸爸在其他方面表現出異於旁人的浪漫氣質。記憶中，還沒有妹妹的時候，爸爸會騎車帶上我和媽媽，在夏日夜晚去遠在城市西部的大橋「看夜景」。我們一家三口漫步在橋上，看不遠處地勢略低的地方燈火闌珊，微風習習，別有一種清涼感受。當我們返回時，爸爸從橋上騎車向下俯衝，哼著當時的流行歌曲，穩穩地控制著自行車，我坐在橫樑上，張開雙臂，感覺像是要飛起來。

自在「彌勒佛」

很多人說爸爸的長相有福氣，他有著一對大耳朵，奶奶稱之為「元寶耳」，大大的耳垂在胖胖的臉龐兩側自在地垂著，圓圓的臉龐，加上圓鼓鼓的肚子，很像一尊彌勒佛。

有一年元宵節，全家人去賞燈，有一座彌勒佛燈的兩側掛了副對聯：「大肚能容，常容天下難容之事。笑口常開，常笑天下可笑之人。」爸爸愛極了這副對聯，幾乎成了他的座右銘。心情好的時候，他就會一邊拍著自己的肚皮，一邊搖頭晃腦地說出這兩句話；受到委屈心情不好時，他也會歎著氣說出這兩句話。有時，有親戚或朋友笑他的肚子大，他也會自嘲地拍拍肚子說：「人家說，長成這樣的肚子，不是首長就是伙夫。可惜我連伙夫都算不上，就是大肚能容，傻吃乜睡不知道發愁，所以肯定胖啊。」

其實，爸爸的胖，除了他的確心胸寬厚，有容人之量，還因為他真心熱愛吃肉喝酒。

也許和爸爸的童年境遇有關。爺爺是當地有名的廚師，用爸爸的話說，「紅白兩案」都精通。所謂「紅案」精通是指菜做得好，而「白案」精通則是指麵點主食掌握得宜。爺爺的手藝好，凡是當時有名氣一些的菜餚小吃，他都能信手捻來，色香味俱佳。也讓爸爸從小就培養了一個刁鑽的胃與挑剔的味蕾，他總是抱怨媽媽做的飯菜難以下嚥，所以不時一個人在外面的小酒館打打牙祭，或者隔三差五地拎點熟食回來。

可是爸爸又不同於其他人，只是一味地吃吃喝喝，他的吃喝中又總透露出一種「大江東去」的豪放派詞人勁。他喜歡大塊吃肉、大碗喝酒，喜歡縱酒高歌，可惜他朋友多是建築工人，能與他唱和的人少之又少。小時候住平房時，家中有一鋪炕，上頭擺放著一個炕桌。冬日裡，爸爸常常和一兩個朋友分坐在炕桌兩側，用熱水溫了白酒，邊吃邊聊。夏天來了，家門口的小賣店開始有了散裝啤酒，爸爸自做了一個鐵壺，即使一個人，也常常打上二斤啤酒，然後放在涼水裡鎮上半天，到晚飯時來上一大杯，然後心滿意足地呼出一口長氣來。

某個夏日，天氣悶熱，爸爸在外奔波一天後回到家，用濕毛巾擦了把臉，忽然看到茶几旁邊放了一個開過封的啤酒瓶，這正中了他的下懷，爸爸幾乎沒有猶豫，打開酒瓶咕咚一口就喝了下去。可是，這回爸爸並沒有心滿意足地呼出一口氣來，而是瞬間臉色大變，看起來痛苦不堪，然後低下頭努力地嘔吐，見沒有吐出來什麼，爸爸又用手狠狠地揪起自己的喉嚨，劇烈地咳嗽起來。等我和媽媽跑過來吃驚地看著他時，他才費力地擠出幾個字：「誰把一瓶汽油放這啦？」原來，愛酒的爸爸居然結結實實地喝了一大口汽油。

爸爸的酒量越來越大，聽人說他可以喝下一斤白酒，我不知道是不是真的，我只見他在喝了酒後特別想與人推心置腹的樣子，但是話到嘴邊，想了又想，可能還是覺得周圍的人不會理解他，脫口而出的話卻總是：「我也是個性情中人哪！」

多年以後，爸爸終於等來了一位相談甚歡的酒友：表姐的公公。表姐的公公是一位退休幹部，卻沒有任何架子，他比爸爸年長幾歲，是文革前的大學生。那時我已經到外地上大學，沒有見過他們喝酒聊天的場景，聽媽媽描述，一貫不善交際的爸爸，非常願意和這位剛剛挨得上邊，可以稱為「親家」的人來往。任何時候，只要對方發出喝酒的邀請，爸爸從不爽約，總是興高采烈而去，盡興而回，二人邊喝酒邊作詩，高興了就一起哼唱他們年輕時流行的歌，頗有幾分「酒喝乾，再斟滿，今夜不醉不還」的氣魄。

爸爸樣貌威嚴，雖然個子不高，但是無論在什麼場合，都氣定神閒，甚至有點不怒自威的味道。他可以在幾千人的大會上聲音洪亮地做報告，年輕時還被選為演講團成員，參加過全地區的巡迴演講。不過，這只是他性格中的一面，不怒自威的背後，他還有著風趣幽默的時候。

第一次聽到有人說爸爸風趣，是在我十來歲的時候，我帶一個同學到家裡玩，客廳牆壁上有掛衣服的鉤子，爸爸一邊從那掛鉤上取自己的帽子，一邊和同學說了句什麼，把同學逗笑了，他邊笑邊對我說：「你爸爸真風趣。」我奇怪地問：「風趣是什麼意思？」我這個同學小大人一般地對我解釋：「風趣啊，就是很逗樂的意思。」

仔細想想，爸爸還真是個愛逗樂的人。只要不是心情不好或盛怒的時候，有他在，家裡總會充滿歡聲笑語。

爸爸的幽默有幾種形態。

其一是他說的那些有趣的話。比如二〇〇〇年雪梨奧運會期間，媽媽問爸爸：「奧運會是什麼意思？為什麼叫奧運會呢？」爸爸居然一本正經地回答說：「因為在澳大利亞舉辦的啊，過兩年來中國辦，就叫中運會了。」他對媽媽還有著各種稱謂，比如：「孩兒他娘」、「夫人」、「娘子」、「老太婆」、「老婆子」。有時，爸爸說話還故意之乎者也一番，對於我與妹妹不知道的事，他就會故意板起臉極快地說上一通「知之為知之，不知為不知，是知也」的話來。有時，他會突然來了興致，高聲背誦他學過的俄語，大段大段我們誰也聽不懂的音節，摻雜著奇怪的小舌顫音，總是讓我們捧腹大笑。

其二是各種滑稽誇張的肢體動作。比如和我們說著話，突然他的一隻胳膊就不會動了，同時配合著僵化的嘴和眼神。或者吃過晚飯，爸爸喜歡在家裡的客廳踱步，有時走著走著，腿腳的姿勢突然變了，像個機器人那樣僵硬地一動一動，直到我們反應過來大笑。

如果說一個人在社會上需要戴上面具，那麼在自己家裡，大概是最放鬆的時候。爸爸的逗樂，還有一些是難登大雅之堂的，似乎不值一提，但是卻真實地帶給我們很多歡笑，比如放屁。爸爸喜歡躺在床上或者沙發上看書，有時他正看著書，突然就放一個響屁，聲音還有意拖得很長，引起媽媽、妹妹和我的眾怒，我們捂著鼻子推他、打他，罵他討厭，媽媽甚至會說爸爸「太缺德了！」爸爸總是由著我們，然後笑呵呵慢悠悠地說：「屁乃人間之氣也，豈有不放之理？」然後屢教不改，隔一段時間，家裡就會這麼鬧騰一番，我們也都樂此不疲，每次都趁機教訓他的「不厚道」。有時，爸爸還會在家裡故作誇張，

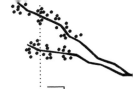

「范進」

在家人和同事眼中，爸爸是個腦子好使的人。這腦子好使，不是偷奸耍滑那種小聰明，而是指學東西時的記憶力、理解力、反應力和邏輯推理能力很強。比如，他買東西時心算的價格比賣東西的人用計算機按出來的還快還準確，用我們當地話說，「算小帳張口就來」。

爸爸的記憶力確實很好，幾乎算得上過目不忘，他看過的書，不管多難的人名、地名，總是很輕易就記住，且從不會張冠李戴。90年代初期，全國各地盛行知識競賽，爸爸的單位也組織了一次，有現場搶答環節。當然，賽前有一些參考材料發給大家，爸爸當時已經四十多歲，只翻了幾遍材料就爛熟於心。和一群二十來歲的年輕人現場搶答，居然贏了一個唐三彩回來，這讓他得意了很久。

爸爸聰明，而且始終有一顆上進的心。

一九九八年前後，下崗的風潮席捲了小城，爸爸因為是幹部，名義上沒有下崗，但是單位卻放了長假，且工資也發不出來。那時我在異地讀書，沒有直觀地感受到爸爸心態的變化，只是斷續聽媽媽說，爸爸開始學習每天料理三餐，其他時候，他仍像往常上班一樣按時出門、按時回來，樓裡的鄰居幾乎沒人知道他丟了工作。然而他每次都帶著象棋四處找人切磋。我難以想像，把尊嚴看得比什麼都重要的爸爸，是如何放下姿態走進廚房的，儘管媽媽把這理解成爸爸終於學會體貼她，但我一想到爸爸每天仍然按時出門，似乎並不想讓人知道他「被放假」的真實情況，就隱隱覺得這一切沒有那麼簡單，爸爸外在行動的變化，恐怕正說明他內心也許翻江倒海，也許低落難言。

二〇〇六年，當終於有鄰居知道爸爸失業後，幫他聯繫了一份建築公司做監理的工作，從那時開始，我能感覺得到，電話裡爸爸的聲音又輕快起來了。媽媽說爸爸的新工作十分辛苦，有時因為需要連續澆灌混凝土，他凌晨四點就要出門，甚至得通宵待在工地，但他始終興致勃勃毫無怨言。夏日炎炎，他汗流浹背地在工地上監理整個施工過程，沒有絲毫懈怠，午休時間，也只是帶個小板凳坐到樹蔭下喝口茶而已。媽媽有時心疼他，勸他要不算了吧，一大把年紀了，別去吃那份苦了。爸爸卻瞪大了眼睛對媽媽說：「你快別說這樣的話了，我可是很珍惜這份工作哩！」

到了第二年，爸爸聽說有考監理證的機會。如果有了監理證，再加上他多年的工作經驗，努力一下，有可能當上總監，這讓爸爸動了心。他很想得到這個證照，向很多人打聽，大家都說要去千里之外的地方考試，通過率很低，考前要在考試的那座城市參加培訓班，要給培訓老師紅包，還要找熟人疏通判卷老師。即便這樣，爸爸還是決定要去參加考試。起初他又用那略有些軟弱的語氣對我說：「你工作後認識的人多，同學朋友也多，你能不能幫爸找找人？」聽爸爸這麼說，我便開始積極活動。無奈我這人生性靦腆，不善交際，這種事情真讓我有心無力。我硬著頭皮找了有關領導，領導義正詞嚴地和我打起官腔，我又找了同學的老公，這回倒是很痛快，但是說得也很明白：需要一些錢打點。這我懂，但是究竟需要多少錢才能辦成這件事，我不是很清楚。我對同學的老公說，只要事情能辦成，需要多少錢儘管開口，但是為了不讓爸爸心疼錢，我又囑咐對方，需要錢隨時和我聯絡，千萬不要告訴爸爸。我當時想得很簡單，只要能辦成這樁事，了卻爸爸的一個心願就好，錢沒了可以再賺。可不知怎麼，爸爸參加培訓班後，竟見到了我同學的老公，還打聽出疏通「關係」需要的費用，爸爸一聽就變臉了：「要花那麼多錢，這不是搶劫嗎？我不用打點了，憑我自己的本事考，考成什麼樣就是什麼樣！」當爸爸在電話裡氣呼呼地對我說的時候，我實在不知道該怎麼勸他，而他已經從對方那把錢要了回來，我想，爸爸這次考試恐怕要泡湯了。

讓人意外的是，半個月後，爸爸興高采烈地打來電話：「我通過了！我靠自己的本事，拿到了監理證！」這消息讓全家人喜出望外，真不敢相信已年近六十的爸爸，竟然一舉拿下了考試，和他一起參加培訓班的同學，卻幾乎全軍覆沒。很多人看到爸爸考過了，都覺得是我這個女兒從中幫忙，爸爸也樂得吹牛，他不吹自己，卻順著眾人的話吹噓我：「那是，你們有那麼能幹的閨女嗎？是我閨女幫我找的人，所以我才能順利通過。你們就眼紅去吧。」

當時正值臘月，馬上要過年了。那個春節，最舒心的人大概就是爸爸，滿面紅光的他，想起來就會說一遍：「咱誰也不靠，自己考過了！怎麼樣？你們服氣不？」早上起床後說，白天出去玩的時候想起來也會說，晚飯的時候喝了點小酒後更是會說：「你找的那個人不行！那麼多錢，簡直是搶劫！不用，我誰都不用，我就靠自己考，你看怎麼樣？

真就考過了吧？怎麼樣？你服氣不服氣你老爸？」「你爸還行啊？寶刀未老吧？」這些話不斷地在爸爸的嘴裡重複，他一遍又一遍地說，一遍又一遍地笑。酒氣映紅了爸爸的臉，連他臉上的鬍鬚似乎都在歡笑，這些黑黑的硬硬的鬍鬚在向身邊每一個人炫耀：「你看怎麼樣？服氣不服氣？」

媽媽也為爸爸高興，但她用自己的方式表達快樂。吃飯時，她故意不看爸爸，低聲問我：「你說，你爸會不會跟那個中舉的范進似的，瘋了？」然後又轉過身，揶揄爸爸：「少說點，快吃飯吧，范進！」

媽媽的話音好像還沒落，轉眼爸爸已經走了三年。暮色四合，那漶漫的河對岸曾經熟悉的身影早已模糊一片，再也不會回到我的生命裡。縱使撫摸他臉龐時，那熟悉的溫度和質感還清晰地留存在記憶中。我真的能說清爸爸是個怎樣的人嗎？而那個始終橫亙在我們之間、困擾我多年的問題——「爸爸為何不愛我」，是否永遠沒有答案？

貳　爸爸不愛我

爸爸走了，
帶走了多年以來我對他的畏懼，
卻帶不走我對他的愛的渴求。

爸爸是個城裡人

有時我想，我和爸爸的隔閡，也許從我出生那天起就註定了。

三十幾年前，我出生在西遼河的東岸，那座安靜而寂寞的小城。城市並不繁華，卻四方齊整，一條主要的大街沿東西方向將小城劃分成南北兩段，最中間是主要的商貿中心，僅有兩層的百貨大樓作為當時小城最高的建築坐落於此。百貨大樓中間有個門洞，穿過門洞，是一條街市，兩旁飯店林立。街市後有一大片挨挨擠擠的民房，這片民房之中，有一處東向臨街的小小院落，臨街的牆上粉刷著白色石灰，常有粉色花瓣的夾竹桃越過木製院門探出頭來。我在這裡出生，也在這裡長大。然而，我出生後的最初一兩年，卻沒有生活在這裡。

那幾年，我和媽媽還住在一個得騎兩小時自行車，然後穿過小河，再走過一片沙地才能到達的小小村落——我的姥姥家。爸爸和媽媽是經人介紹相識的，結婚時媽媽仍在鄉下教書。

有了然然以後，我開始讀一些兒童教育心理學的書，有些書的觀點認為，孩子出生後一定要在父母身邊生活，否則即使在很小的年紀回歸原生家庭，也很難建立良好的親子關係，並且這個孩子終生都將處於缺乏安全感的狀態。我不知道別人家經歷過這種分離的小孩會怎樣，只是覺得，我始終對爸爸有一點害怕，我無法像和媽媽那樣，自然地和爸爸在一起，更別說對著爸爸撒嬌、說說悄悄話了，我雖然特別想讓爸爸喜歡我，卻不知道該怎樣讓他明白我的感情，我在爸爸面前永遠無法放鬆。

媽媽說，回到城裡的時候我其實也就一兩歲，根本不可能對之前的生活有記憶。事實上，我確實不記得和媽媽一起在鄉下生活的任何片段，所有的童年回憶全部和城裡那個小院有關。

我記事時，四個姑姑有三個已經出嫁，最小的姑姑還和爺爺奶奶生活在一起。回想當時情景，總覺得我像一隻怯怯的小貓，躲在城中心那個小院的門框旁，看進進出出的家人：

爺爺、奶奶、爸爸、姑姑、姑父、表弟、表妹……姑姑們不能說對我不好，但是她們給我的壓力好大。我那時還小，尚不懂「壓力」一詞的意思，只覺得她們又乾淨，又會打扮，還會做好吃的飯菜。我跟媽媽，和他們不太一樣。有時某個姑姑會邀請我去她們家住，我不敢去，怕她們笑我髒。在她們一塵不染的家裡，我的手腳都不知道該往哪擱。

我和媽媽回到城裡以後，在我上小學前的四五年裡，爸爸都是常年在外地施工。偶爾回來的日子，是這個大家庭的節日。姑父、姑姑們也會回來，加上爺爺、奶奶和大伯，十來個人圍坐在爺爺奶奶房裡的大圓飯桌旁，吃飯喝酒。而我和媽媽總是悄沒聲息地在自己的房間裡吃，常常聽窗外傳來他們的大聲說笑。有時我會去那個房間裡拿東西，看到他們泛著油光的臉，滿屋子煙酒氣中充斥著他們大聲勸酒的話語。這一切，與我和媽媽的世界相隔甚遠。我從沒問過為什麼，好像一開始就是如此。或許潛意識裡，我把爸爸和爺爺奶奶、姑姑姑父他們歸為一家人，而我和媽媽，始終是外人。

回到鄉下，一切又都變了。周圍的同齡人都用羨慕的眼光看著我，稱呼我為「城裡人」，他們圍著我問東問西，彷彿我無所不知，是外面世界的化身。爸爸很少來姥姥家，偶爾和我們一起回來，會立刻被眾多親戚包圍，奉為座上賓。舅舅們說，這個城裡的姐夫沒架子，肯和他們一起喝酒。冬天的農村，沒有一絲綠色，昏黃的土地，昏黃的土房子，卻有暖和的熱炕頭，吃飯也在炕上。大大的通鋪可以放下兩桌飯菜，爸爸總是被簇擁著坐在頭桌，人們頻頻向他敬酒，莊稼人嗓門高、性子直，常常喝得臉紅脖子粗。我坐在另一桌，看著相隔並不很遠的爸爸，覺得煙霧繚繞中的他是個外來人。我感到困惑：在鄉下的親戚眼中，我是個和爸爸一樣的城裡人；而在城裡的爺爺家，他們又覺得我是個和媽媽一樣的鄉下人。那麼，在爸爸眼裡，我是什麼人呢？

仔細回想，我和爸爸最親近的時光，多數是在那輛自行車上。

那是一輛當時最普通的黑色橫樑自行車，永久牌的，沒有一絲特別，也沒有在車把上拴個絨球，或在橫樑上纏個彩帶，這麼多年，我從來沒有多看它兩眼。但在某個瞬間，我會突然懷念起坐在那輛車上的感覺。

在我的老家，流傳著一首民歌叫《雕花的馬鞍》，說的是草原上的孩子以馬鞍為搖籃，邁開人生的第一步。對我來說，爸爸自行車上那個小小的兒童座椅，正像我的雕花馬鞍，承載了很多美好的童年記憶。

小時候，我有一個刷了綠色油漆的「座椅」，比起一般那種三角形的小木凳來說，我那款座椅實在稱得上是「豪華版」。它有一個由若干塊木板拼成的半圓形坐墊，周圍還有一圈鐵架子做的靠背，坐墊下面還焊接了兩道鐵支架，剛好可以插進自行車的橫樑上固定，同時恰到好處的延伸出兩個小鐵架用來放腳丫。

「花兒香，鳥兒鳴，春風惹人醉，歡歌笑語繞著彩雲飛」、「日落西山紅霞飛，戰士打靶把營歸，把營歸……」。我坐在爸爸自行車的橫樑上，爸爸的下頷輕輕抵著我的頭頂，吹著口哨，這些歡快的曲子就在我頭頂上流淌。兩旁或是低頭搖曳的小野花，或是高高的行道樹。回想起這些場景，我彷彿能聞到夏天午後驟雨初歇時泥土的芬芳，或是城市裡灑水車剛剛開過之後，乾淨而濕潤的街道上柏油馬路混雜著少許汽車尾氣那特有的味道。爸爸自行車的橫樑，是我的專屬座位。

大了一點，「兒童座椅」被摘掉了，我開始側著身子坐在橫樑上，爸爸的口哨還是一如既往地在我的頭頂響起，輕鬆、歡快，「再過二十年，我們重相會，蕩起小船兒，暖風輕輕吹……」

爸爸的自行車，前面帶著我，後面坐著媽媽，到後來有了妹妹，媽媽又在後座上抱著妹妹，我們在夏日晚飯後去河邊大橋上看夜景，在正月十五的寒天雪地裡去看花燈，在幾個難得爸媽同時休息的假期，一同去鄉下看望姥姥、姥爺。

有一年冬天，回姥姥家的路上，冷風把厚厚的幾層棉衣都穿透了，我凍得直哭。爸爸媽媽想了一個辦法：他們慢慢騎車，讓我在旁邊跑上一段。暖和一會兒，再繼續坐車，又冷得厲害了，就再下車跑。後來終於見到一戶人家，媽媽帶著我進去暖和一會兒，要了杯熱水喝。那時我太小了，這些事情，有好多是後來聽媽媽說起的，但恍惚中，我好像始終記得爸爸一邊冒著西北風奮力蹬車，一邊側過身子為我加油的樣子。

後來，橫樑上坐不下我了，妹妹也漸漸長大，家裡的一輛自行車變成了兩輛，我開始坐在爸爸自行車的後座上，旁邊是媽媽騎著小一號的自行車帶著妹妹。我每次想要坐上爸爸自行車的後座，都得摟住爸爸的腰，用力向上一躥才可以。我總是在坐穩後，偷偷而貪婪地緊摟住爸爸的腰片刻，那讓我感覺自己靠爸爸很近，近得沒有一點距離。爸爸很胖，肚子圓圓的，後背寬厚，我真的太喜歡那種感覺了。我摟著他的腰，頭輕輕靠在他的後背上，想對全世界所有看得到的人說，你看，這是我的爸爸，我愛他，他也愛我，你看我們多親密。我想，爸爸可能從來沒有感受到我這小小的祕密舉動，我只看到爸爸不動聲色的後背，穩穩地帶著我向前騎行。

最後一次坐在爸爸自行車的後座上，是什麼時候，我一點都不記得了。真希望能再有一次機會，坐在爸爸的車後座上，緊緊地摟住他的腰，把臉貼在他寬厚的背上，暖暖的，慢慢地走一段。

爸爸走了，我來不及問他。他沒有天天看著我從一個嬰孩，漸漸變得會翻身、會爬、會走路，他第一次聽我叫他爸爸是什麼時候，什麼情景呢？當我和媽媽終於搬到城裡的家，而他仍在外地奔波，偶爾才回家的時候，每次見到的我，一定會比上次見面又大了許多，他會覺得陌生嗎？媽媽在農村生活了那麼多年，她的生活習慣、穿衣品味自然和城裡人不同，以媽媽的眼光打扮的我，自然通不過城裡人的審美，爸爸每次見到那個看起來像農村小孩的孩子叫他爸爸，他會覺得陌生嗎？有時，我也想問問別的孩子，他們和自己的爸爸相處，會考慮該說什麼話合適，做什麼舉動不引起反感嗎？為什麼我和媽媽在一起，做什麼都是自然而然，可以由著性子說話辦事，而面對爸爸就不行呢？嚴重的時候，我和爸爸說話前，甚至要在心裡預習一下，掂量過語句語氣才敢開口，別的孩子也這樣嗎？

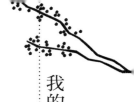

我的心思他不懂

在我的內心深處，對這個沒有經歷過自己生命最初階段的城裡爸爸，始終有些怕怕的，好多心思更是羞於向他表達。

在我三四歲的時候，爸爸經常在外地施工，很少回家。那時安裝電話的家庭少之又少，打電話更是奢侈，而我最愛玩的過家家遊戲是站在窗前給爸爸「打電話」。家中有一鋪不太大的炕，炕上有一扇朝南的窗，我常常站在炕上，踮起腳尖，掀起窗簾，躲到窗簾背後，把手放在耳邊：「喂？是寶龍山工地嗎？我爸在嗎？我找我爸，他什麼時候回來？我特別想他。」

這樣悄悄說了無數次，有一次在我「打過電話」不久，爸爸竟然真的進了家門。他那天穿什麼衣服？什麼表情？我全然不記得了，但那種心臟怦怦跳動，幾乎要蹦出身體的感覺還很清晰。爸爸真的回來了？！

我心裡非常希望，自己能像所有受父親寵愛的小孩一樣，毫無顧忌地撲過去，一邊讓爸爸抱著轉個圈圈，一邊問爸爸：「爸，你真接到我的電話了嗎？」可是，我的腳卻邁不出去，只能害羞地對著爸爸一笑，就躲到媽媽身後。但又忍不住探出頭，看爸爸和媽媽說話，他匆忙地說了幾句，就去了爺爺奶奶的房間，和大伯、姑姑、姑父他們一起喝酒吃飯，他一點也不知道我的心思。

後來，爸爸單位的工程結束了，有一段時間，他可以每天回家了。

不冷不熱的季節，黃昏時，會有舒服的風吹過小城，那時的我和爺爺的關係已經非常親密，我們祖孫兩個常常坐在街邊，看車來車往，有時也會有一兩個老人，和爺爺有一搭沒一搭的聊天。看起來漫不經心的我，其實一直向著爸爸回家的方向張望，可看到爸爸，我卻拿不定主意，是不是應該像迎接媽媽那樣，直接跑過去叫他。爺爺在的時候，爸爸會提前下自行車，和爺爺一起走回家。我就跟在爺爺身後，彷彿被黃昏中爺爺拉長的影子湮沒一般，爸爸幾乎不會注意到我的存在。有時，爺爺不去，我一個人也會坐在商店門口的臺階上，靜靜地等候。獨自等待的時候有些緊張，我不知道爸爸見了我會是怎樣的反應，他會問我為什麼一個人在這裡嗎？我該怎麼回答呢？每次，就在我猶豫不決的時候，爸爸已徑直從我面前騎過去了——他根本沒有注意到街邊的我。而我，竟也因此鬆了一口氣，因為免去了面對爸爸時的不知所措，只需靜靜地跟在爸爸的自行車後面回家。幾乎每天都這樣周而復始，看到爸爸回來了，我也就回家，心滿意足，像圓滿完成了一個任務。

有一天，這每日不斷重複的情景被打破了。遠遠的，爸爸騎車的姿勢和往常不太一樣，走近了，我才發現爸爸一隻手上拿著烤羊肉串，正邊騎車邊吃，很陶醉的樣子。夕陽的光輝打在爸爸臉上，竟能反射出嘴角的油光。我被爸爸的樣子逗得吃吃笑，爸爸全神貫注地繼續吃著，在想拽出竹簽上的肉時，臉向一側使勁，眼角的餘光不經意間看到了我。像偷吃的小孩被大人逮到，爸爸的動作突然停了，這回輪到他不知所措了。他下了自行車，看著手中竹簽上僅剩的一小塊肉，又看看我，尷尬地笑了笑，終於問出了那句我在心裡預設了很久的話：「你怎麼一個人在這？」儘管早在心裡想了一千遍，可事到臨頭我還是不知該怎麼回答，告訴他我在等他嗎？這樣的話說出來，舌頭都會打結。如果爸爸繼續問我為什麼等他，我該怎麼說呢？我從小就不會說話，也缺少急中生智的

本領，所以，最後我還是什麼也沒說，扭頭就往家的方向跑，爸爸跟在身後，我邊跑邊回頭看，剛好看到爸爸把最後一小塊肉吃進嘴裡，然後把竹簽扔掉，不知道是不是因為晚霞映照，爸爸的臉紅紅的。

這件事我記了這麼久，卻一直認為爸爸偷吃東西，見到我也不肯給我嘗嘗，是因為他還是個長不大的孩子，而且，他是因為不夠愛我，才會捨不得給我吃那塊剩下的肉。

直到此刻，我一個人坐在電腦前，靜靜地回想這段從未和爸爸提起的往事，我才明白，當時緊張的人不僅是我，從爸爸的舉動看，他應該比我還緊張吧。看著身旁安睡的然然，我在想，若是然然見到我或者她爸爸，吃著東西從遠處回來，一定會不假思索地撲上去：「媽媽（爸爸）！你在吃什麼？我也要吃！」。而無論是我，還是然然的爸爸，一定會抱起然然讓她嘗嘗，如果不給然然吃，唯一的可能就是故意逗她。想到這裡，突然有些難過，我是爸爸的親生女兒，而他，卻因為吃東西這項舉動尷尬的臉紅；而我，連問爸爸在吃什麼的勇氣都沒有。如果我當時撲過去和他說話，他會不給我吃嗎？顯然，是我的羞澀加重了爸的尷尬。

可是，縱使再有一次這樣的機會，我能撲上去撒嬌地說：「爸爸，你吃什麼呢？我也要吃」嗎？這種想法，讓我再次頹然，我知道縱使預先排練一千遍，事到臨頭，自己還是註定做不到。

又過了些年，爸爸的職務變了，社會氛圍也變了，爸爸開始有應酬了，而且由少到多，以至於後來很少在家吃晚飯，回來時也常醉醺醺的。

爸爸不在家的時候，我會覺得比較放鬆，常常躺在床上邊吃瓜子邊看書，甚至歪在沙發上、把腳舉到茶几上看電視。一般情況下，九、十點鐘，爸爸也就回來了，我的放鬆狀態便宣告結束，只能乖乖回到自己房間。

但偶爾也會有意外，比如過了深夜十一點，我已經躺在被窩裡許久，爸爸還沒回來。那時，我就會不由自主地擔心。我躲在被子裡，聽黑暗中時鐘的指針滴滴答答劃破夜的安靜，看牆上不時透過窗子縫隙打進來的車燈光線一閃而過。另一個房間裡，媽媽和妹妹都已睡熟，而我仍大睜著雙眼，默默祈禱著爸爸能早點平安回到家中。黑暗會加深人的恐懼，種種可怕的念頭會蜂擁而至：爸爸在喝酒時突發心臟病了、爸爸在回家的路上遭遇車禍了、爸爸被人搶劫了……所有的念頭只有在聽到房門鑰匙轉動的那一刻才會戛然而止，而當另一個房間響起熟悉的鼾聲時，我也終於可以面帶微笑、心滿意足地睡去。

記得有一次，爸爸回來後的聲音有點大，已經睡著的妹妹被吵醒了，她撲向爸爸的懷裡，撒嬌地說：「爸，我擔心你，一直在等你，到現在還沒睡著。」爸爸感動得抱著妹妹親了又親，而我，還是默默躲在黑暗的被窩裡，沒有人知道，我這樣默默地等待過爸爸多少次，至少他一次都不知道。

現在的我，每次迫不得已加班時，都恨不得以最快的速度飛回家去，因為每次打開房門都會看到撲向我的然然，那一刻，我真的理解了何謂「心花怒放」，然然的舉動讓我覺得自己的辛勞是有意義的，這個可愛的小傢伙給了我滿心滿眼的甜蜜。然而，我遍搜自己的記憶，發現自己從未對爸爸表達過什麼。是我的木訥和內向，讓自己錯失了和爸爸親密相處的機會嗎？如今的他是否已經超越了時空，能夠看到當年那個在黑暗中默默等候他的我？

我的等候，爸爸不知道；而我一直以他為驕傲，他更是不知道。

在小孩子眼中，這世上最值得驕傲和崇拜的人應該就是爸爸吧。我的爸爸最讓我驕傲的地方是，他曾經是個棋王，在當年我的眼裡是「象棋英雄」。爸爸得過地區級象棋比賽冠軍，上過廣播。和小朋友吹牛的時候，我會說：「我爸爸會下象棋，你爸爸會嗎？」

「我爸爸是冠軍，你爸爸是嗎？」直到如今，向別人提起爸爸時，我總不忘加上一句：「我爸爸象棋下得好，是我們當地的冠軍，還曾代表參加全省的比賽呢。」

爸爸確實喜歡下棋，家鄉的公園裡有個長廊，是眾多棋友的聚會場所。週末全家一起去公園，爸爸總會溜達到長廊那裡觀戰或親自下一場。不過，因為棋技太高，一般的人，爸爸是不屑與之博弈的，若是不逢對手，下起來實在無趣。爸爸一旦出手，周圍就會一片叫好聲，很多人放下自己手中的棋局前來觀戰，彼時爸爸可是人人盡知的「公園棋王」。

還曾有一次，路邊有人擺棋攤叫擂，實際就是騙子賭錢的把戲，賭的是誰能破解殘局。爸爸將棋局默默記在心中，回家自己擺開棋盤下默棋，下了幾回後，成竹在胸去找騙子，一舉破了局。結果騙子拿刀相脅，幸虧我還有個在「社會」上混的堂哥，才化解了一場危機。

或許是為了多一些和爸爸相處的時光，或許是為了讓爸爸喜歡，我經常到文化宮找在那裡下棋的爸爸。爸爸見我去從來沒表現出特別高興，但也從不攆我走。我坐在旁邊看他們下棋，並不覺得無聊。爸爸下棋的時候，我就在心裡為爸爸加油；爸爸圍觀時，我也陪著圍觀。爸爸下好了，我們就一同回家，默契得甚至沒有過多的話。

那時的我，打扮得像個男孩子，有一次看到下棋的地方滿地都是煙頭、瓜子皮，我就拿了掃帚打掃。一位不曾見過我的棋友衝爸爸豎起了拇指：「你兒子？真不錯，懂事！」爸爸笑了：「嗯，我兒子，我兒子……」突然為爸爸這句話感動得鼻子酸酸的，多希望爸爸像有些同學的爸媽那樣，對他們像假小子一樣的女兒說一句：「嘿，爸爸的大兒子哎……」

也曾要爸爸教我下棋。爸爸卻說：「一個女孩家，學這個有什麼用。你要是男孩子嘛，還可以教教你。」我不服氣，自己買來棋譜看。可是滿書的「馬八平七」、「炮二進二」，徹底把我看糊塗了。爸爸笑了，簡單地告訴我「一二三四」的順序是從右向左數出來的，左右走就是平，向前就是進，向後就是退……我真想儘快練成象棋高手，一方面證明「虎父無犬子」，最主要的，是想讓爸爸因此能更加愛我。然而，終究是天賦不足，一時興起之後沒有那麼強烈的興趣支撐，我的象棋之路很快偃旗息鼓。

但是，有一點，我做到了。

十歲那年，爸爸帶我去北京。當時他看到天橋底下有老人在下棋，說了一句話：「要是等我退休了，能來這兒下棋該多好！」十幾年後，我來到北京工作，然後在這座城市買房、安家，雖不能說完全因為爸爸，但他當年的那句話我始終記得。終於可以接爸爸媽媽來北京生活了，爸爸完全可以像他年輕時想的那樣，拎著板凳到天橋底下找人下棋了！

然而，天不遂人願，爸爸終究還是沒能在北京的天橋下玩成象棋。

爸爸沒等來退休，先等來了單位的衰敗，大型國企一夜之間傾塌，只保留部分機關人員繼續維持運轉，給爸爸這些尚未退休的幹部放了長假，而爸爸在放假幾年之後中風，留下了後遺症。從此，爸爸看到下棋的人群總是繞道走開，遇見往日的棋友，總要把不太聽使喚的左手藏在衣服口袋裡。有棋友聽說他病了來探望，他卻覺得自己的樣子太過丟人而閉門不見。

好在身體各項機能逐步恢復，一年後，爸爸內心對象棋的渴望再次燃燒起來，他盼望著去看看別人下棋，念叨了一天又一天。終於在媽媽的攙扶下找到了一場棋局。可那天，他只看了幾眼就要回家，他對媽媽說，看不進去，看了頭疼。

又過了一年，爸爸在社區裡看到別人下棋，禁不住又興致勃勃地前去觀戰，看來看去，他覺得這些人的水準很一般，於是試探性地和人連下三盤，結果三盤皆輸。

在媽媽的攙扶下，爸爸一步一步趔趄地往回走，嘴裡喃喃地說，再也不下棋了。爸爸的背影，一片蒼涼。果然造化弄人。

可是，我真想告訴他：「爸爸，無論此時的你棋技如何，你永遠是我心中的棋王爸爸啊。」然而，這些話，我只能望著他的背影，一個人悄悄說在心裡。爸爸終究不會知道，就像當年他從沒注意過那個被爺爺的影子湮沒、被妹妹的撒嬌聲掩蓋，在黑暗中靜默守候他的我一樣。

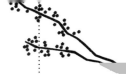

他只愛妹妹

爸爸不愛我，這是當年他親口說的。

我七歲那年，妹妹出生。爸爸對妹妹不加掩飾的愛，讓我產生了更多的懼怕與疏離。

那天，爸爸的同事來做客。我坐在窗前，爸爸坐在沙發上，妹妹靠在他身邊，他一邊寵溺地摸著妹妹的頭，一邊對同事說：「我啊，就喜歡我這二閨女，老大就差著點。」同事聽了爸爸的話，尷尬得不知該如何是好，只得幫忙打圓場，安慰我說：「你爸爸逗你玩呢，他喜歡妹妹，也一樣喜歡你。」我抬頭看看爸爸，眼淚在眼圈裡打轉。爸爸卻根本沒有看向我，甚至為了讓我死心似的，再次肯定地笑著對同事說：「真的，我真的就喜歡老二，怎麼看怎麼喜歡。我看做家長的偏心啊，實在是不受控制的事。」

爸爸喜歡妹妹，全家人都知道。

妹妹常常騎在爸爸的肩頭，得意異常。爸爸高高舉著妹妹轉圈，不停地說：「我這二閨女，就是個小天才，是我的開心果。」晚上應酬之後，他會帶著餐桌上贈送的水果回家，把蘋果、橘子、花生一個個神奇地從夾克的袖口「變」出來，逗妹妹大笑；如果妹妹睡了，他就把大大的蘋果放在妹妹枕邊，只為她早上醒來得到一個驚喜。

妹妹三四歲的時候，我們搬進爸爸單位分配的宿舍，不再和爺爺奶奶、大伯住在那個小院了。有一天晚上，我們全家回爺爺家，妹妹搶先跑著去開爺爺家的門，房間內的爺爺一定是沒有看到妹妹，偏偏在她跑進去時重重地關上了裡屋的門。

妹妹哭著跑回來，撲進正要進門的爸爸懷裡，委屈地說：「爺爺不讓我進去，他使勁把裡面的門關上了。」

本來是一件小得不能再小的事，爸爸的表現卻出乎所有人的意料之外。他一把抱起妹妹，心疼地給她擦掉眼淚，然後快步走向裡屋，推門而入，大聲質問爺爺為什麼這樣做。

爺爺果然是因為沒有看到妹妹，他被爸爸的「興師問罪」搞得莫名其妙，很委屈地解釋了原因。本來事情到這一步完全可以收場，可爸爸卻不依不饒，他轉身帶著妹妹拂袖而去，邊走邊宣稱一個月內再不登爺爺家門。

爸爸說到做到，決絕地走了，只為了給妹妹一個安慰，卻全然不考慮爺爺的感受，果然足足一個月沒再看望爺爺奶奶。

我一直奇怪，人們說起兄弟姐妹，似乎都是美好的手足情深，為什麼我始終覺得在手足情深的掩飾下，兄弟姐妹之間卻時時暗流湧動，有著深深的競爭？無論多親密的兄弟姐妹，都是爭奪父母寵愛的競爭對手。而在我們家，面對爸爸，這場競爭我敗得連一絲轉機都沒有。不管我做得多好，不管妹妹做得多不好，爸爸就是喜歡妹妹。這麼多年，無論我怎麼努力都沒辦法讓爸爸喜歡我，卻總是看到妹妹勝利者似的眼神。

比如，那年除夕。

想必沒有哪個節日比除夕更被中國人重視，不單是漫天絢爛的煙花，響徹通宵的爆竹，滿桌滿眼的美食，最主要的是，還有洋溢其間的濃濃親情：家人笑顏逐開的圍坐一起，熱鬧紅火地聊天打牌，那場景總是可以溫暖此後多年的記憶。可是，如果在這本該最溫暖的時刻兜頭澆下一盆冷水，那些美好可能會瞬間凝固成冰吧，任日後用多年時光累積的溫度也難以將其輕易融化。

那年除夕，新衣穿上了，鞭炮燃放了，年夜飯也吃過了，電視裡的晚會還沒開始，妹妹和我興高采烈地拿著一副新撲克，央求爸爸媽媽和我們一起玩。媽媽很痛快地答應了，還找好了零錢，信誓旦旦地說要好好贏我們點。爸爸起初端著架子說：「和你們玩有什麼意思，不玩！」最終還是經不住妹妹的軟磨硬泡、媽媽的冷嘲熱諷，爸爸帶著笑、裝著不情願地坐到了沙發上。

我們一家四口，圍坐在茶几四周，我和妹妹坐在小板凳上，爸爸媽媽坐在沙發上。戰鬥開始。

不知爸爸是為了讓妹妹開心，還是真的就那麼討厭我，剛剛出牌，爸爸的火力就惡狠狠地對著我，只要我打出一張牌，無論是什麼，爸爸都要甩出一張更大的牌壓制我。偶爾有張牌他明明已經說了不要，但如果看到媽媽也放棄，我將能再次出牌時，爸爸就會反悔，寧可自己徹底輸掉，也堅決不讓我出牌。反之，凡是妹妹出牌，無論大牌小牌，爸爸均一路笑呵呵地放行，嘴裡溫柔地說著：「過、過、過」，讓妹妹能夠暢通無阻。一局牌打下來，我幾乎半張都沒打出去。

妹妹開心得咯咯笑個不停，邊笑邊挑釁般地看著我：「姐，輸了吧？服不服？我和爸爸聯手，所向披靡！」

爸爸還在旁邊火上澆油：「哼，對付她，小意思！」

外面的煙花映射在窗玻璃上，此起彼伏的爆竹聲中，爸爸和妹妹就那樣同仇敵愾，對付我這個頭號「敵人」。他們一同說笑，一同進退，全然看不到我眼圈裡轉著的淚花。

我硬撐了一會兒，實在玩不下去，終於把牌放下，哭著跑開：「我不玩了！我再也不和你們打牌了！」

爸爸和妹妹還在我的身後大笑，「被打敗了吧？逃兵！輸不起！」

這麼多年過去了，直到現在我才能明白一點點兒——如果是我和老公、然然三個人打牌，老公拼命壓制我，我也許會奮起「反抗」老公，也許會更加誇張地「一敗塗地」，說到底無非是兩個人配合，目的是讓然然開心。

然而，這是以我現在一個母親對待孩子的心情啊，當年面對爸爸，我怎麼可能以這樣的心態看待妹妹？對那時的我來說，那個場景簡直是一場噩夢。我只是一個同樣渴望父愛的孩子，爸爸的舉動，在我看來不啻於一場宣判——我在他心裡是令人討厭的「敵人」，他不愛我，他一點都不愛我，哪怕是大年夜，他根本不在乎我的感受，他只愛妹妹。

所以，年復一年，日子好像已經過去很久，但我從未忘記那夜的情景，它和那句「我就喜歡我這二閨女，不喜歡老大」緊緊地連在一起，成為彼此的論點和論據，想起來就令我傷心不已。

這樣的論據還有很多，其中有一件與包書皮有關。

在那個年代，每當新學期開始，從學校領了新書的孩子，第一件事就是把課本包上漂亮的封皮。我家裡也總放著前一年用過的掛曆，作為包書皮的材料，通常都是挑一些特別好看的小貓、小狗和風景。如果實在沒有好的圖案，就用掛曆的背面包成純白色的書皮。

爸爸做事認真且求完美，這一點在他包的書皮上也體現得淋漓盡致，他將每一道折痕都預設得精確無比，所以最後包出來的書皮不僅平整而且嚴絲合縫，與書籍本身幾乎合二為一。包書皮最為關鍵的一步是書脊那裡需要用剪刀剪開，剪開的尺度很有講究，剪得大了，折邊的時候就會露出一小部分書脊；剪得小了，折的邊就會超出書的封面。爸爸每次都用鉛筆做好記號，一剪刀下去，總是分毫不差。不僅如此，爸爸還會儘量把掛曆上的圖案完好地呈現在書正面的恰當位置上，還會在容易磨損的上下兩個書角處折出雙層的稜角——這就是同學們常說的書上的「小錢包」，雙層的稜角裡面，可以放一枚五分錢硬幣。

記憶中的那天，我和妹妹各自拿了自己喜歡的掛曆紙找爸爸。妹妹把掛曆紙扔給爸爸就到一邊玩去了，爸爸便坐在沙發上哼著小曲開心地忙活起來。我眼巴巴看著爸爸把妹妹的課本包得那麼漂亮，滿心歡喜地對爸爸說：「爸，還有我的呢，幫我也……」我的話還沒說完，爸爸已經變了臉，不僅對我的要求不屑一顧，還有些生氣似的吼了起來：「去去去，一邊去，那麼大的人了，自己包！」

爸爸的舉動大大出乎我的意料，我只有含著眼淚學著爸爸的樣子自己來做，不是不會做，而是想不明白：為什麼爸爸對妹妹那麼好，對我卻如此不耐煩？

直到前不久，我認識了一家在美國生活了七年剛剛回國的朋友，姐姐在國內出生，四歲前一直跟隨爺爺奶奶在國內，四歲後才到美國和父母團聚，而妹妹則在美國出生，始終和父母生活在美國。有一天，這家的媽媽對我抱怨說：「唉，大女兒一點也不懂事，看到我給小的穿鞋，也要讓我給她穿，她都已經十多歲了啊。」聽完朋友的話，我竟顧不上客套和禮貌，急火火地替姐姐辯白：「十多歲怎麼了？十多歲就不是你們的女兒了嗎？她無非是想通過這個來確認你的愛啊！」朋友顯然被我的過激反應弄得有些意外，瞪著大大的眼睛等著我的下文，我卻呼出了一口氣：「抱歉，我沒有想說的了，就是有點心疼你的大女兒。」

說完這句話，背過身，我的眼淚不爭氣地悄悄流下來。仔細想想，等到妹妹需要包書皮，她至少已經六七歲入學了，那麼我應該已有十三四歲了。這麼想來，爸爸當年那樣對我，或許和這位媽媽的感覺是一樣的吧：都那麼大了，真不懂事！而我，直到這一天，才能從這個媽媽的角度，多少理解些爸爸當時的舉動，但我的內心仍然深感委屈。不管怎樣，為什麼爸爸就不能表現得稍微多愛我一點？

為什麼我和別人不一樣

我常因為爸爸偏疼妹妹而偷著哭，甚至暗自發誓再也不理爸爸了。但是，常常是早上出門前還這樣想著，晚上再見到爸爸時卻早就忘記了。我又會像往常一樣和爸爸嘮叨：「爸，今天我們班某個老師上課發脾氣了」、「爸，明天我們學校要開運動會了……」往往在說完之後，才呀的一聲，想起自己早上在心裡暗自發出的「誓言」而懊惱不已。不過，只要爸爸一個笑臉，我會立刻把所謂的「誓言」丟到一邊，樂顛顛地追著趕著，爸爸長爸爸短地叫個不停。等到下一次再遭遇爸爸的冷臉時，再次見到爸爸幾乎無條件地疼愛妹妹時，這樣的「誓言」又會再次暗中滋長，然後與爸爸見面時再次消融，周而復始，不知反覆了多少回合。

其實，在我出生時，國家已經開始實行計劃生育政策了，周圍的同學大多數都是獨生子女，因為爸爸對妹妹的無條件寵溺和愛護，我不止一次地想，如果沒有妹妹會怎樣？如果我也是獨生子女，是否就能獨自享受爸爸全部的愛？

初中時，坐我後面的女孩是個獨生女，她長得很漂亮，大大的眼睛，總是梳一條馬尾辮。下課時，我總愛回頭，盯著她忽閃著的大眼睛，興致勃勃地和我們講她和爸爸相處的點點滴滴，給我們看她爸爸新給她買來的漂亮衣服，讓我們評價她爸爸幫她梳的辮子好不好看，她充滿細節地描述爸爸怎樣輔導她的功課、怎樣教她騎自行車……也許是窗外的陽光太過耀眼，她驕傲地講述她和爸爸的親暱時，滿臉洋溢的光彩時隔多年依然在我眼前晃動。

每次，她講述時都會夾雜生動的手勢，好像幸福得忘記了身在何處，更看不到在旁邊難過得不能自已的我。終於有一次，我控制不住地趴在桌上，為我和爸爸的關係大哭。我不明白，為什麼別人的爸爸可以對女兒那麼好，而我竟那麼不討爸爸喜歡。我的痛哭似乎鼓舞了女孩，她講述得更多、更詳細，也更生動。不知是因為嫉妒，還是免於讓自己遭受更多傷害，我竟採取了罕見的極端做法：我隨便找了一個理由與這個女孩「斷交」了，再也不肯回頭聽她講述片言隻語。

我有四個姑姑，每家都只有一個孩子。我的表弟、表妹們都和爸爸的關係很好，我眼看著這個姑父給女兒梳小辮，那個姑父帶兒子滑冰，每次姑父們帶著我和表弟、表妹們玩的時候，我都在想，要是家裡只有我一個，爸爸是不是也會這樣帶著我玩？

所以，我經常問媽媽：「為什麼我和別人不一樣？為什麼我要多一個妹妹出來？」

媽媽每次都說：「你小時候體弱多病，爸媽想給你找個伴。將來爸媽老了，不在了，這世上還能有一個和你最親的人。」

可我心裡總是對此很不屑：哼，還不是為了要個兒子？！

多年後，就在爸爸去世前一年，妹妹非常固執地找了個看上去很不可靠的男朋友，全家都憂心忡忡，爸爸也為此十分生氣。我還趁機對爸爸嘟囔：「你們當初幹嘛要多生一個孩子？要是家裡就我一個，你們該多省心啊！」原本為了妹妹唉聲歎氣的爸爸，聽了我的話，突然抬起頭，瞪大了眼睛，很生氣地對我說：「你怎麼現在還說這種話！」

不知是否與爸爸的偏心有關，我和妹妹的關係一直不像其他姐妹那麼親密，甚至很多年裡我對妹妹一直恨恨的。小時候，妹妹總是跟在我身後要我帶她玩，我每次都會惡狠狠地衝她吼：「回去！沒人帶你玩！我叫你回去！不許跟著我！」爸爸對我凶的樣子，我全都不知不覺地學會了，反過來用同樣暴跳如雷的方式對待妹妹。長大後，我很羨慕別人家姐妹親親熱熱的樣子，常常想約妹妹一起逛街、吃飯。可是妹妹對爸爸媽媽說，她很怕我，有時接到我的電話，首先想的是自己是不是又做錯什麼事了；但同時，姊姊對我又特別好，捨得給我花錢買各種禮物，常常請我吃飯。我恍然驚覺，這與我對爸爸的態度是多麼相似！

以前常有人說，父母的愛是最無私的，天下沒有不愛兒女的父母。可我仔細想想，好像並非完全如此。在非獨生子女的家庭裡，父母對愛的投放是可以選擇的，爸爸有兩個女兒，所以他可以選擇把他的父愛放到妹妹身上。而做子女的呢？完全沒有選擇。不管父母有多少個孩子，我們在這個世界上的爸爸、媽媽，只有一個，從出生的那一刻，就註定沒有任何選擇。我不能選擇另一個爸爸去愛，就像我不能找到另一個媽媽來愛我一樣。所以，應該反過來說，子女對父母寵愛的渴求才是唯一的。尤其是當一個小小的嬰孩在成長到少年、青年時代之前，正是對這個世界感到最無助的時候，父母的愛，是唯一可以借助依靠的力量。如果缺失了，他們的人生，無論怎樣都不會完美。

愛也只是一瞬間

爸爸不愛我，但是他自己卻有一個非常寵愛他的父親，爺爺對他幾乎可說是溺愛。所以當爺爺在睡著後突發腦溢血昏迷，對爸爸來說是個巨大而突然的打擊。爺爺昏睡三天，爸爸衣不解帶地在病榻前守了三天。三天後，爺爺安詳地走了，爸爸痛不欲生。爸爸在傷痛之中，還不得不處理好喪事中的各種瑣碎細節，以及招待照顧各方前來弔唁的親友，我眼睜睜看著腰纏白色孝布的爸爸，臉色越來越晦暗，眼眶越來越鐵青，在爺爺家那間小院進進出出，本能地擔心爸爸會垮掉，所以開始寸步不離爸爸。

夜晚，已經幾個日夜沒有闔眼的爸爸又坐在爺爺的靈前通宵守候。我輕輕挽住爸爸的胳膊，安靜地坐在爸爸身旁，陪著守靈，沒有一句多餘的話。

爺爺出殯那天，喪事很隆重。三月的東北，河水尚未解凍，料峭的北風依然迎面呼嘯。按著老家的習俗，我和姑姑、大伯們先上了靈車。靈車是一輛大卡車，載著棺木，我站在車上，扶著車前的圍擋，看爸爸獨自跪在靈車行將駛過的馬路中央，雙手將為爺爺焚燒紙錢的黑色陶盆高舉過頭，風強勁地吹著，不光掀動他鬢角的髮絲，還掀起他腰間的白布，爸爸臉色青灰，沒有一絲血色。靈車徐徐啟動，我看著爸爸用盡所有力氣將陶盆摔向地面，然後踉蹌地爬向靈車。爸爸身材矮胖，加上連日的身心疲憊，爬上行駛中的卡車，對他來說並不是件容易的事。車上的人用力拽，車下的人用力推，爸爸終於上了車。在眾人痛哭爺爺的哀聲裡，不知是不是只有我，那麼心疼爸爸。

爺爺的喪事結束後，一家人都已筋疲力盡，帶著悲傷沉沉睡去。此後很長一段日子裡，家中的氣氛都非常沉重，似乎每個人都在小心翼翼地維持一種凝固的平衡，生怕弄出什麼聲響惹爸爸不高興。我也沉浸在對爺爺的思念中，不願意多說話。爸爸照常上班了，他每天早晨沉默地出門，夜晚又沉默地回家，我看著爸爸晦暗的神色，不禁擔心起他的身體。

有一天晚上，爸爸加班還沒回來，媽媽一邊吃著飯，一邊不經意地對我提起一句話：

「你爸這兩天誇你呢。」

「誇我？」我有些驚訝，放下了碗筷，看著媽媽等待她說後文。

「嗯，你爸和我說，你真的長大了，知道心疼他了。」媽媽的這句話，對我真是莫大的鼓舞，爸爸終於能懂得一點我的心思了，我的眼淚又要下來了。

媽媽接著說，「你爸說，你這幾天寸步不離他，是因為擔心他的身體，他知道。」

媽媽說的這句「他知道」，讓我的眼淚流了下來。這麼多年，爸爸終於懂得一點我的心思。

我滿心期待：我和爸爸的關係會由此走向一個新的階段嗎？

第二天，見到爸爸，我很想對他笑笑，但爸爸仍然眉頭緊鎖，並不看我。他還沉浸在喪父之痛中，我的笑不只是不合時宜，甚至有些莫名其妙吧。我咧開的嘴，又快速地抿上了。

沒有關係，來日方長。我想，既然爸爸知道我的心思，我們此後的關係一定會越來越好，爸爸終於會愛我了吧？

然而，一切很快又恢復到了原點。儘管媽媽說過這段話之後那幾天，爸爸看我的眼神確實溫和了許多，但很長一段時間他的情緒都很低落，不時有無名火迸出。

就像那晚，一個毫無來由的時刻，一家人正在吃晚飯，我和妹妹忘記為什麼說笑起來，妹妹的聲音越來越高，我也有些忘乎所以，正準備添油加醋地再繼續取笑妹妹，爸爸突然重重地放下了飯碗，然後「啪」地一聲把筷子拍在桌子上，摔門而出。剩下滿臉錯愕的我和妹妹，面面相覷。

還有那天，我們一同回奶奶家。才進房間，爸爸就站在門口不動了。我不明白爸爸為什麼站在那裡，所以從他身後費力擠了進去，才發現爸爸面前的牆上，是爺爺的遺像。我再轉頭看爸爸，他的身體一動不動，眼角卻默默流出兩行清淚。我覺得爸爸的樣子太讓人心疼，所以輕輕拽了拽爸爸的衣角，想要安慰他，可爸爸仍然一動不動。我又加大了點力氣，邊搖晃邊說：「爸，你別難過了。爺爺已經不在了……」屋子裡的其他人也七嘴八舌地安慰起爸爸，爸爸沒有理會我，甚至賭氣般甩開了我拽著他衣角的手。

現在想來，他一定是深深地沉浸在失去父親的痛苦之中，而且難以排解，只有衝最親近的人發洩。而當年的我，哪能體會到那麼多，只是覺得，爸爸知道我愛他、關心他又能如何？他還是會對我發脾氣，無論怎樣他就是不喜歡我。

我的心裡有間漏風的屋

或許對大多數人來說，童年時經歷的事大都隨著歲數漸長而隨風飄散，沒有在記憶中留下痕跡。但有些人則恰恰相反，那些在他們生命最初留下的印記，尤其那些受過的委屈，不但未因歲月流逝轉淡，反而像暗夜裡瘋長的野草，稍有洞隙，哪怕經年，也依然要穿透密實的壓抑，露出頭來喘息訴說。即使是健忘的人，也只是自以為淡忘了往事，如果碰巧有了契機，那些童年的傷還是會猛然疼痛起來。

前一段時間，我從小最親密的好朋友來看我，兩人逛街吃飯，說笑著聊天，談起各自的父親，她淡淡地說：「你好像和你爸爸關係一直不是很好，我們還湊合了。」我驚訝於她的健忘。當我們還在中學時代，有多少個竊竊私語的晚上，我們都在傾訴各自缺失的父愛，然後互相安慰，神經一貫大條的她，果然這麼容易就忘了那些傷痛嗎？我想，這樣也好，我為她可以在她爸爸的晚年，心無芥蒂地與其相處而高興。

然而，只過了幾日，她就又打來電話，向我講述她與父親最近的一次爭吵，電話那頭的聲音因為信號不穩時斷時續，我聽得不太連貫，但也能猜出大概，她不是真的忘記了曾經與父親的隔閡，只是壓抑得太深，把自己也騙了。一旦有了誘因，那些傷痛就會尖銳的跳出來。我靜靜地聽她說著自己的疼痛：「這麼多年，我爸爸只知道為我和我弟做飯，但我覺得這是他在盡本分，這不是愛。為什麼他從來沒帶我在外面吃過一次飯？沒帶我去過一次公園？沒給我買過一件衣服？沒向我表露過一丁半點的愛？每天做完飯後的其他所有時間，他都沉浸在電視裡，除了看電視，他的生活什麼都沒有。我幾乎就像不存在。他知不知道我是他的女兒啊？」

朋友一口氣說了好多，吐出連串問號。

我安慰她：「我們父輩那代人，也許真的不會表達愛，你不要太苛求了。」

雖然我看不到她搖頭，卻聽到她說：「不是的，不一樣。即使不會表達，我總能感受得到。這麼多年，我感覺自己就好像始終待在一個四處透風的房子裡，只是感到冷，透心般的冷。最近這些年，其實我和爸爸的關係還是挺好的，我幾乎忘了有什麼不對，但實際上這種好還是一種客客氣氣的好，相安無事的好，彼此都怕打破了平衡的好。我到現在還不會撒嬌，因為我從小就沒在爸爸面前撒過嬌。」

朋友說到這，我突然想到前幾天，不知在哪裡看到的一段話：

「我從小到大都不會撒嬌，小時候想要什麼東西，就只會眼巴巴地看著，得不到就只好算了。長大之後，以為得不到是因為自己不夠努力，後來才發現，其實會撒嬌比努力還管用。有時候真羨慕那些甜甜的姑娘，軟軟糯糯地說句話，笑一笑，人心都能融化，我站在旁邊，被反襯得粗糙又堅硬，彷彿長了滿臉落腮鬍。」

我又何嘗不是？我也從來不會撒嬌，小時候眼巴巴看著妹妹在爸爸面前要風得風，要雨得雨，想怎樣就怎樣，而我，想要什麼東西就只會眼巴巴地看著，得不到就只好算了。這麼說來，我的心裡也有一間四面漏風的屋，怎麼都填不滿，怎麼都感覺寒冷。還沒有勸好朋友，突然想起了兩件事，我感覺自己已經鑽進那間透風的屋子，冷徹心扉。

小時候，我的零花錢都由媽媽給，這事我一直執行得很好，從不伸手向爸爸要錢。只是有一次，班裡要求必須在當天下午帶五元去交班費，偏偏那天中午媽媽有事，沒有回家。

爸爸當時正在吃午飯，迫不得已，我只好向爸爸要錢。我刻意用討好的語氣對爸爸說：「爸，班裡下午要交班費，媽不在，老師說了今天下午必須交，你給我五塊錢吧。」記憶裡，這應該是我第一次伸手向爸爸要錢。沒想到，這句話竟然讓爸爸勃然大怒，衝我連連大吼：「滾！滾滾滾！滾開！我沒錢！」

我不知道當時他是因為心情不好，還是因為我的話他沒有聽清楚，或是以為我在撒謊騙錢。不管怎樣，我的話竟讓他那麼厭惡，這點我始終無法找到合理的解釋。

從那以後，我再沒張口向爸爸要過一分錢，即使我無數次地看到爸爸主動給妹妹零花錢。爸爸從沒主動給過我錢，當然，除了壓歲錢。爸爸會在過年前去銀行換上一些嶄新的零散鈔票，有時是一遝子兩毛錢，有時是一元錢，湊成整數，作為壓歲錢分別送給我和妹妹。但就是爸爸親手給的這些壓歲錢，我也都放在自己的小櫃子裡，不曾動過，除了被妹妹偷偷花掉的之外，其他的至今仍一分不差地保留著。

長大後，我曾有幾次對媽媽和要好的朋友說：「從小到大，我爸沒給過我一分錢。」他們都會不約而同地罵我沒良心：「真能胡說，你這沒良心的，你爸沒給過你錢，你吃的用的，大風刮來的？」我通常不做任何解釋，只是在心裡苦笑，我和他們說的不是一回事。

還有一次，那應該是個冬天的晚上，下了晚自習，我興沖沖地出了校門，騎上自行車只想快點回到家。沒有任何預兆的，突然從校門口衝出來幾個比我大不了多少的男孩子，騎著自行車，將我圍在中間，他們叫嚷著：「沒錯，就是她！」校園門口經常有同學和校外的人打打殺殺，我開始並沒有太在意，以為他們在議論別人。我心裡還自作聰明地想著：「我還是慢點騎吧，別因為騎得太快，被認為是他們要追趕的人而被誤傷了。」沒想到，幾乎在我還沒明白過來怎麼回事的時候，我的自行車已經被他們絆倒了，我整個人趴到了地上，然後就是一陣鋪天蓋地的拳頭。我緊緊護著自己的頭，開始還叫著：「你們認錯人了！放了我吧，你們一定認錯人了！」但他們完全沒有停止的意思，我後來索性不再出聲，任由他們拳打腳踢。就在聽到有一個人說：「行了，走吧，別出人命！」之後，我徹底暈了過去。

後來，一個好心的路人叫醒了我，並把一瘸一拐的我送回了家。

到家時，爸爸媽媽和妹妹都已經睡了。我悄悄打開他們房間的燈，叫了一聲：「媽。」媽媽見了我的樣子，從床上跳了起來：「怎麼弄的？」

我委屈地和媽媽說：「媽，我被人打了，他們一定是認錯人了。」

話音未落，爸爸突然扭身從床上坐了起來。他青筋暴起地揮著手衝我吼了起來：「你個不要臉的！你給我滾出去，滾遠點！你還有臉回來？你給我滾，滾！滾！給我滾得遠遠的。」

聽著爸爸嘴中吐出的一個又一個「滾」字，讓我感到莫名其妙：我被人無緣無故地打了，又疼又害怕，我做錯了什麼？爸爸為什麼那麼凶地罵我？我又哪裡惹他不高興了？是因為我回來太晚了嗎？還是因為我身上發生的事情攪了他的清夢？他以為我和別人打群架了嗎？如果我當時被人打死了，爸爸還會對著我的屍體這麼罵嗎？我的眼睛疼得睜不開，頭暈暈沉沉，像個傻子看著暴怒的爸爸，看著他的嘴唇一張一合，不知道接下來該怎麼辦。

媽媽急了，沒來得及穿鞋就跳下床跑過來摟住了我，然後衝爸爸嚷起來：「你發什麼瘋啊？你的孩子你不瞭解嗎？她是那種在外面鬼混的孩子嗎？孩子都說是被認錯了才挨打，你怎麼還能罵她？」

媽媽說完，就手忙腳亂地套了衣服，要帶我去醫院。媽媽說，要好好檢查一下眼睛。

我這才看到鏡子裡的自己，眼睛已經腫得只剩下一條細細的縫，整個眼部都是通紅的。

媽媽騎自行車不會帶人，而且看到我身上這樣，已經心臟亂跳，腿都軟了，根本騎不了車。而我，眼睛幾乎看不清路了，頭疼得要命。於是，我們只能相互攙扶著，一步一步走著去了醫院。爸爸呢？在我們出門前，已經又倒頭大睡過去。

我無法理解爸爸的這些舉動，即使過了這麼多年，我仍然無法找出一個合理的解釋。除了自私、不愛我，還能有什麼其他理由？所以，無論後來我和爸爸的關係怎樣，這個夜晚都是一個繞不過去的坎。

我甚至有時覺得我是爸爸的眼中釘，做什麼都會招罵。我的頭髮容易出油，洗得勤一點，爸爸就罵我浪費水；我喜歡晚睡晚起，晚上睡得遲點，爸爸就會暴跳如雷邊罵我邊關掉我房間的燈；我洗的內褲晾在外面，爸爸會說我不知羞恥；週末的早晨睡個懶覺也會招來大罵……我越來越怕他，也越來越討厭他。

每個人的爸爸都不一樣，我身邊的幾個閨密都和我傾訴過她們和自己父親的故事，很多和父親關係不好的女孩子，一生都在吞嚥著那些委屈。如果和電話裡向我哭訴的這位好友相比，我的爸爸帶我去外面吃過飯，帶我去過公園，給我買過衣服，我不應該感到很幸福嗎？然而事實上，我的委屈讓我在很多年裡只要想起爸爸，尤其是想到這樣的一個夜晚，就只有偷偷地掉眼淚。這些眼淚流經多年，慢慢在心裡結成了冰，化也化不開。我的家早就雜草一片，儘管媽媽奮力地撐起能透進陽光的窗，也抵不住另一側歪斜的樑柱下，滿地傾倒的瓦礫，雨和風總是不停地灌進來。

我能去哪裡

學生時代的我十分貪睡，確切地說，晚上不愛睡，早上不愛起，叫我起床是一件萬分困難的事。媽媽總是一遍又一遍地叫著，我則再睡五分鐘、再睡五分鐘地拖延著，幾乎每天早上都在重複這樣的拉鋸戰。媽媽也發火，她一方面擔心我上學遲到；另一方面又擔心我吃不到早飯，但是不管媽媽怎麼發火，我好像都不怎麼害怕，反正她一直都是那樣嘮叨著。

可是一個原本和平常沒什麼兩樣的早上，事情發生了一點變化。那時我已經上初中了，頭一天夜裡我因為看閒書而睡得很晚，媽媽一如往常地嘮叨著，不停催促著：「起來吧，快起來，再不起來就遲到了！」我仍然想盡一切辦法拖延著多睡幾分鐘，蒙著被子含糊著答應：「嗯，馬上就起，再過五分鐘，就五分鐘。」

爸爸突然衝了過來，不由分說地掀起了我的被子，暴風驟雨般衝我吼起來：「你給我趕快起來，不要臉的，跟個夜貓子似的，晚上不睡，白天不起，你看看你自己像個什麼樣子？！」

爸爸對我的貪睡早有意見，這次大概是媽媽的嘮叨聲，讓他感到心煩，或許是長久以來壓抑著對我晚起的怒火終於累積到了頂點，再也控制不住情緒，總之這次爸爸的火氣很大。我被爸爸罵得徹底醒了過來，蔫頭耷腦起床洗漱。心裡想不通：媽媽叫我起床，和你有什麼關係啊？礙你什麼事了？需要發這麼大的火嗎？莫名其妙！

那時家裡還住平房，我從水缸裡舀水準備刷牙的時候，爸爸和我側身而過，他的怒火顯然還沒有平息，臉陰沉沉的，像是能擰出水來。爸爸剜著眼睛看我，看了兩眼後，還是不解氣，突然惡狠狠地說：「你怎麼不死了呢！你要是死了，這個家就清淨了！」這話說得我心裡咯噔一下，我真不敢相信這樣的話，是從我親生爸爸嘴裡說出來的。我不敢抬頭看他，想到爸爸竟然在盼望我死，我的手都開始發抖。我背對著爸爸呆立在那，爸爸的話從我身後繼續傳過來：「他媽的一家子強種！都強到一塊去了，早晚死一個這個家才能好！」我有些轉不過彎來，我無非就是起床晚了一點，這和強不強有什麼關係？

我沒有和爸爸說一句話，只是低頭回到自己房間，拿起書包，抹著眼淚去上學了。那個上午，我沒任何心思聽課，只顧著趴在課桌上哭泣，耳邊都是爸爸的話：「你怎麼不死了呢？你要是死了，這個家就清淨了！」爸爸真的在盼望我去死嗎？我知道他一直不喜歡我，可是竟然厭惡至此，卻是我從沒想到的。為什麼別人都有一個疼愛自己的好爸爸，我的爸爸卻盼著我去死？

整整一個上午，我的頭都沒有從課桌上抬起來，我想想爸爸的話，又想想自己今後的去處，始終找不到出路。下課時，有些要好的同學，問我到底怎麼了，他們只看到我的課桌套都已經被眼淚浸濕，卻不知道我為什麼哭。這些話能對誰說呢？難道我要抬起頭告訴大家：「我的爸爸問我為什麼不去死？」我不肯抬頭，只是哭。

還是離家出走吧，爸爸看不到我，和我死了差別也不大吧。可是我身上沒有一分錢，我能去哪呢？而且我還想上學。到上午第四節課的時候，我終於想出了辦法，白天好辦，我繼續上學，晚上我就住到菜窖裡。當時我家院子裡有一個菜窖，是冬天用來儲存蘋果和大白菜的，據說冬暖夏涼。因為窖口不大，每次下去取放蘋果，都是我的工作，所以我對那裡很熟。住在那裡除了不會凍著，還可以趁白天，爸爸媽媽走了以後溜回房間找吃的。

就在我打定主意的那一刻，放學鈴聲響起，同學們陸陸續續走出了教室。我終於抬起頭，發現空蕩蕩的教室裡還有兩個男生守在我座位旁邊，笑嘻嘻地問我：「該回家了吧？你哭夠了吧？」我該怎麼對他們說呢？我搖搖頭：「我不回家了。」他們還是笑嘻嘻的，一點也沒有安慰我的意思：「不回家了？那總得吃飯吧？要不我們給你買個麵包去？」男孩們理解不了我那一刻心裡的悲涼，一個麵包的安慰無論如何抵不過爸爸千斤重的咒罵。

就在他們也準備離去的時候，媽媽推門進來了。原來，媽媽見我遲遲沒有回家，放心不下，所以找到學校來了。媽媽說：「你怎麼還不回家？你爸都到家了。」

我不知道這在當時，算不算一個可以順坡而下的臺階，總之我之前所有「離家出走」的設想頃刻歸零，我和媽媽回家了。雖然心情還是很沮喪，但是媽媽的話給了我安慰，在我聽來，是說爸爸因為放心不下我才破例中午回家了，要知道爸爸平時中午回家的時候是很少的，一想到其實他可能在尋找晚歸的我，之前沉重的心理負擔大大減輕：爸爸或許不是真的想要我去死吧。

沒想到回家以後，我看到的是爸爸和同事正在吃菜喝酒，原來媽媽所說的「你爸都到家了」沒有任何題外之義，只是一個簡單的陳述句而已。媽媽給爸爸和他的同事炒好下酒菜後發現我還沒到家，才急匆匆地到學校去找我。看著喝得興致正高的爸爸，我想，或許他早已忘記了早上說出的話。對於我，之前躲在地窖中的想法也已經不攻自破，再沒有實施的勇氣。我實在無路可走。

我哭著問媽媽：「媽，我到底是不是爸親生的？爸既然這麼不喜歡我，為什麼不在我剛生下來時就把我掐死？」

媽媽對我和爸爸之間日益緊張的關係既擔心又無奈，除了安慰我，她幾乎每次都要找出一堆爸爸愛我的證據說給我聽。可是說的都是我完全沒有記憶時的事。

「你這孩子，淨說這些沒有良心的話！不是你爸親生的，難道還是我們抱養的？」

「你小時候和我住在你姥姥家，你爸一有空就騎著自行車下鄉，六七十里的路呢，就為了看你一眼，當天往返啊。去了之後，誰和他說話他都不理，就坐在炕頭看著你，給你轟蒼蠅、打蚊子。」

「媽要到另外一個村子教書，來回給你餵一次奶要走二十里路，想給你買點奶粉貼補。可那時候，買奶粉難著呢！你爸到處託人，好不容易買到了兩袋，聽別人說你姥姥家的那個村裡有人進城了，住在大車店，你爸想託人家把奶粉給你捎回來，就急三火四往那趕。可趕到了大車店啊，人家說那人剛走，你爸又騎上車子猛追，沒成想一口氣追到了你姥姥家，衣服都被汗濕透了。你還說你爸不喜歡你！」

……

媽媽的話往往還沒說完，我就已經泣不成聲，為什麼那時候的事情我一點都不記得了？為什麼現在他就不喜歡我了？

媽媽翻來覆去講的就是這些事，我也就翻來覆去地哭，翻來覆去地問媽媽，我到底是不是爸爸親生的？如果是，他為什麼這麼不喜歡我？為什麼在我小的時候喜歡我，大了他就不喜歡了？媽媽被我問得實在沒辦法，居然有一次，非常認真地扳過我的肩膀，直視我的眼睛，一字一句地說：「我以人格擔保，你就是我和你爸的親生孩子。」

可這除了讓我哭得更厲害，似乎也沒什麼更重要的意義，甚至讓我有些絕望——如果我不是他親生的，還有一個愛我的親生爸爸，無論他在哪，我一定要找到他，可是，既然我唯一的親生父親就是他，那這輩子，我想得到完美的父愛，看來是不可能了。

這樣一個未遂的「離家出走」事件之後，我滿心都是早日逃離這個家，遠走高飛的念頭。初中畢業後，當初要給我買麵包的兩個男生中的一個，成了我的初戀小男友。那時其實並不懂愛情，只是因為他比我大兩歲，經常像個小長輩般在我耳邊嘮叨：好好學習、天冷的時候多穿些衣服。這一切讓我感到特別溫暖，尤其是冬天裡，我們有一次在外面逛街，我被凍得鼻水直流，小男友什麼話也沒說，像個大人對待小孩子那樣，溫柔地幫我擦掉了鼻水。那一刻，我被深深地打動了。其實，不僅是潛意識，我的顯意識裡也已經非常明確的想著，我想要有個人像爸爸那樣愛我。

找個人愛我，遠走高飛，幾乎成了我高中三年全部的內心訴求，甚至更深遠地影響我的人生。

我開始變得特別容易被一個人打動，即使有這個小男友在身邊，只要出現稍稍對我表示點好感的男生，我還是很容易陷入感情的糾葛，我就像一塊等雨的沙地，拼命地吸收一切來自異性的愛。哪怕有時明知對方不是真心的，也要自欺欺人地相信。同時，我在男生面前又極度不自信，總覺得不會有人真的愛我，我不好，不招人喜歡，連自己的親爸爸都不喜歡我，還有誰會真的喜歡我呢？所以，我的感情之路一直坎坷，始終不能在感情中找到自己，要麼卑微渺小，要麼歇斯底里地想盡一切辦法驗證對方的愛，左衝右撞找不到出路。

參　後來這些年

從那時起，你在故鄉，我在遠方。
距離使我們相安無事，卻也彼此疏離。
歲月清淺，終難忘那一室流光。

我們變「好」了

終於等到了大學開學的日子，我可以離開這個讓我覺得心煩的家，離開這個時常憤怒如暴君般的爸爸。我執意要一個人坐火車去報到，沒想到反對的不僅是媽媽，爸爸也強烈反對。爸爸的理由是：我一個人走，媽媽肯定不放心；媽媽一個人去送我，他也不放心。所以，最後的結果就是，他和媽媽一起送我到大學報到。這真是丟人丟到家了，我已經馬上就十八歲了，卻要由父母兩個「押送」著上大學！

但我終究反抗不過，爸爸、媽媽和我拿著大大小小的行李，踏上了西去的列車。

爸爸媽媽先是送我去學校報到，放置好行李後，爸爸見同室的女孩有看上去質地優良的皮箱，於是讓媽媽也為我買一個，這樣很多東西可以塞到箱子裡放到床下，拿取都會方便很多。隨後幾天，我們一家三口在這座陌生的城市隨意逛了逛，一貫號稱「百科全書」的爸爸，這次仍舊沒有讓我們失望，他帶著我和媽媽逛遍這座城市最著名的景點，而且邊逛邊給我們詳細講解，像一個負責任的導遊。

安頓好之後，爸爸媽媽要踏上歸途了，我送他們到火車站。檢票那一刻，看著他們隨著人群移動的背影，毫無預兆的，我竟然有種想哭的衝動。我很驚訝自己的變化：不是早就盼望離開爸爸媽媽的這一天嗎？當這一天真的來到，我為什麼並非滿身輕鬆，卻突然湧上那麼多的留戀與不捨？我嘲笑自己的不夠「堅強」，於是故作瀟灑地搖搖頭，強迫自己面帶微笑，轉身離去。

離開爸爸媽媽，離開了我一直想要逃離的家，我的大學生活在貌似滿不在乎的心態中開始了。為了與我聯繫方便，家裡託了人，花了一筆「天價」費用，裝了一部電話。從那時起，我每週給家裡打一次電話。電話接通後，常常都是我和媽媽聊家常，我和她說說學校裡的事，她和我嘮叨一些家裡的事。偶爾某次爸爸接通了電話，我的第一句話永遠都是：「我媽呢？」然後爸爸會說：「哦，你等著啊，我叫你媽去。」若是媽媽不在家，我一定會說！「那我回頭再打吧。」到後來，只要是爸爸接通電話，不待我說，爸爸已經學會了搶先開口：「等著啊，我叫你媽去。」然後我就會聽到電話那邊，爸爸略帶調侃的聲音：「孩兒她娘，你閨女找你！」緊接著也會傳來爸爸小聲嘟囔著抱怨的聲音：「唉，從來也不找我這當爸的，永遠都是我媽呢？」

自那時起，寒來暑往，從異鄉的七年大學生活，畢業後又到另一個異鄉工作、成家，我和爸爸媽媽的聯繫，只能是依賴那根電話線，見面只有一年中不多的假期。而每次我回到家鄉，火車站出站口一定站著踮起腳尖張望的媽媽，走出站口擁擠的人群之後，也一定站著篤定地等待著的爸爸，永遠那麼慢悠悠面帶微笑的看著我和媽媽走向他。開始時，爸爸和媽媽都騎自行車；後來，他們會走路或坐公車過來，再和我一起打計程車回去。假期結束離開家時，媽媽總是擔心誤了火車，一遍遍催促著，早早把我送進月臺，再默默地等到火車開走，過程中不停地悄悄抹眼淚。爸爸卻總是不慌不忙地看錶，對心急的媽媽說：「著什麼急，來得及啊。」現在想來，從上大學開始，直到工作、結婚，每次我離開家鄉，爸爸都同媽媽一起去送我，從無例外。儘管到了車站後，爸爸永遠只是守在站外，安靜地等待媽媽出來。

我回到家中的第一個夜晚，媽媽、妹妹和我總會擠在大床上，隨意說著分別後各自發生的趣事，爸爸總是坐在房間門口的小馬紮上（按：折疊椅的一種），慢慢地喝茶或者抽一根煙，笑呵呵地聽我們的談話，偶爾插上一兩句畫龍點睛般的「點評」，總是霎時逗得我們娘仨在床上笑作一團。牆上的時鐘滴滴答答過得飛快，每次我們抬頭看錶，爸爸媽媽都會說：「啊，都這麼晚了，睡了睡了，明天再聊。」可說完這句話，往往又被新話題吸引，不知不覺繼續聊下去。這樣的催促往往要有四五次，常常時間過了子夜，才意猶未盡地睡去。

慢慢地，我發現爸爸變了，他幾乎不衝我發脾氣了，偶爾也對我大學裡的生活透露一絲關心。我們的關係突然從之前的對立、緊張變得前所未有的好。這幾乎讓我受寵若驚，我不知道該怎樣珍惜爸爸的轉變，在平靜的外表之下，好像有種刻意維護的張力，讓人深怕一不小心就打破了平衡，平靜的結構會頃刻坍塌。所以，當我正悠閒地半躺在沙發上吃著瓜子看電視的時候，爸爸一進門，我立刻渾身肌肉緊張，條件反射般坐直身體；當爸爸去廚房拿出掃帚準備掃地的時候，我會「義不容辭」地搶過掃帚，對爸爸說：「我來吧。」；早上，我總要盡可能地趕在妹妹還沒起床時爬起來，哪怕等爸爸走了之後我再補個回籠覺……

至今還有一件小事保留在記憶裡。那是有天晚飯快做好時，爸爸讓妹妹下樓去買瓶啤酒，妹妹堅決地回覆：「我不去！」然後爸爸就把眼神轉向了我，我的身體立刻僵硬坐直，渾身緊張，爸爸試探地問我：「要不，大閨女，你……」沒等爸爸說完，我便「爽快」地回答：「行行行，沒問題，我去！」我沒有任何異議，立刻下樓去買酒。爸爸當時怎麼想，我不得而知，我只清晰地記得自己心裡那種嚇了一跳的感覺，就好像我如果也不下樓去買酒，他一定會像往常那樣暴跳如雷，而我們精心維護了這麼久的「相安無事」就會宣告瓦解，一切會立刻回到從前。

但是，實際上，爸爸從那時起真的很少發脾氣，而且好像在小心翼翼地觀察我，有時電話接通，我能明顯地感覺到爸爸似乎也想和我說點什麼，但終究還是一些不關痛癢的客套話，我們就像兩個沒有太深交往的朋友，彼此維持著體面的客套，誰也不敢逾距半步。對於爸爸的轉變，我一直沒有太深地想過原因，或許只是因為年齡漸長，更珍視親情吧。

多年以後，我與二姨聊天，在我與爸爸感情緊張的那些日子裡，我有時會向她哭訴我的委屈。二姨忽然說起爸爸的轉變，她說，我不在的時候，她曾有一次質問過爸爸：同樣是女兒，他為什麼那麼偏疼我妹妹，而說出那麼多傷害我的話，做出那麼多傷害我的事呢？爸爸開始不相信她說的話，然而在二姨指出一件件具體的事例後，爸爸竟默默地流淚了，嘴裡喃喃地重複著：「這是我做過的事嗎？我怎麼能那樣呢？我怎麼能那樣呢？」

爸爸病了

命運常常以一種突如其來的姿態，強勢介入一個人的生活——好好的爸爸，突然病了。

清楚地記得，那一年從年初我和老公就計畫好了，五一小長假時回我的老家，十一小長假時去他的老家。

五一的假期沒有任何意外，我們按照計畫一起回家，爸爸媽媽如往常一樣，健康平靜地生活著。媽媽已經退休，每天和樓下的鄰居打會兒撲克，爸爸考下了監理證，每天都很開心地去工地上班。在家的那幾天，日子過得很快，也很輕鬆，輕鬆到讓我覺得一切都理所當然。

事情的變化發生在十一假期來臨前，當我們正準備按照計劃買車票回婆家時，媽媽打來電話：「你爸病了。」媽媽在電話裡簡單說明了情況，爸爸得了腦血栓而住院，雖然病情暫時控制住了，但是留下了後遺症，左側的手腳不太俐落。媽媽的電話讓我很著急，十一計畫不得不做了調整，我們再次回到我的老家。

爸爸的情況還不是太糟糕，除了左手有些不聽使喚外，其他都還好。我們每天上午陪爸爸去職工醫院輸液，然後慢悠悠地沿著寬闊街道旁的人行道走回家，故鄉小城街兩側的柳樹還帶著幾許綠意，北風已經漸起，卻還不冷。爸爸怕被熟人看到他的不堪，有意把左手插到衣兜裡，走得很慢，努力讓自己的左腿看上去更正常些。我走在前面，回頭看著爸爸一步步向我走來，我以為最壞的結局不過如此。

然而，當我們假期結束，從老家返回北京後不久，媽媽再次打來電話：爸爸的病情加重了，想來北京治療。

從火車站接到爸媽以後，我驚訝於短時間內，爸爸的病情竟發展得如此之快，問題遠比我想像得嚴重——爸爸居然一路穿著成人紙尿褲，見到我之後也沒有太多表情，說話含混不清，連意識也飄忽不定，就像靈魂已經游離了身體一般。打車回家的路上，媽媽和我簡單念叨：「前陣子親戚的孩子結婚，你爸參加婚禮，又喝了點酒。後來有一天下雨，我們倆正在外面，你爸摔倒了。這兩件事後，病情突然就加重了。連最簡單的加減法，你爸都不會了，甚至連黃瓜都不認識了……」媽媽和我說這些話時，我悄悄看坐在旁邊的爸爸，他面無表情，目光呆滯，好像說的一切內容都與他無關。我忽然想到之前曾有一個朋友對我說過，腦血栓會把人變得癡呆，我當時根本不相信這個說法，不僅認為是無稽之談，而且覺得把癡呆和爸爸聯繫起來是一種侮辱。可是，見到這時的爸爸，我不得不承認一個事實，大腦對於一個人如此重要，「指揮系統」出了問題，影響將是顛覆性的。

隨後的日子裡，我和妹妹想盡了辦法，帶爸爸去北京最好的腦外科醫院，做了全部檢查。醫生給出的結論是：「進展型腦血栓，病情是不可逆的。儘管腦細胞會有一定程度的再生修復，人的神智也會因此有些恢復，但無法根本治癒。控制病情的最好方法就是嚴格控制血壓、血脂。」

我開始上網查找各種關於腦血栓的資料，我不甘心「無法治癒」的結論，開始求助於中醫，並決定帶爸爸去中醫院針灸，做康復訓練。

治療一段時間後，大概像醫生說的那樣，在部分腦細胞再生修復的作用下，爸爸似乎逐漸「開竅」了，頭腦清楚很多，儘管聲音還是含混不清，但是可以和我們正常聊天對話。左手左腳仍不聽指揮，但不需要別人攙扶，能夠自己走路。不僅簡單的加減法又可以計算出來，而且再次像從前那樣喜歡看電視裡的戰爭劇了。只是，醫治停留在這一階段後便再無進展，爸爸的心智似乎退回到孩童時代，變得任性而愛發脾氣，再也不喜歡看書，很多事情都不記得了，有些事要和他說好多遍才能理解一部分。

在北京休養了一段時間，看不到繼續好轉希望的媽媽，決定帶爸爸回老家慢慢靜養。

那一刻，我猛然意識到，爸爸就這樣離我遠去了。以前那個無論是暴躁得對我發脾氣的，還是和我相安無事的爸爸，那個身體和心智都健康的爸爸，恐怕再也不會回來了。

偷來的一年

從十七歲離開父母在外讀書，家鄉就只剩下了夏和冬，因為家成了寒暑假才能回去的地方。畢業後，我來到北京工作，隨後又在這裡安了家，回老家的機會越來越少。小我七歲的妹妹，大學畢業後也在北京找了份工作，我們一家四口團聚的日子越來越屈指可數。人家說偷得浮生半日閒，或許是老天眷顧，讓我們一家四口偷得一年流年，在我和妹妹都成人之後，父母年老之時有機會在異地他鄉朝夕廝守了三百多個日子。

爸爸生病一年多以後，我做了媽媽。休完產假，爸媽再次來到北京，這次是來幫我照看寶寶。這時的爸爸，生活已不能完全自理，穿衣穿鞋都需要媽媽照顧，為了方便，我在社區內為爸爸媽媽單獨租了一處房子，這成了我和妹妹臨時的娘家。

每天早上上班前，我把然然送到爸媽那裡，晚上跟爸媽吃過晚飯後，再把孩子接回家。剛剛工作的妹妹，在單位有一間宿舍，但自從爸媽來了以後，她也每天往返於單位和「家」之間，晚上就和爸爸媽媽住在一起。

當初租房時，媽媽和妹妹都心疼額外的花銷，並不同意這個提議。但在爸爸去世以後，她們不約而同認為這一年的租金花得很值，這房子給了我們一家人最後的歡樂時光。媽媽說：「這麼多年，要麼你和妹妹都還小，要麼你們都上學走了，總算有這麼一年的時間，我們可以天天守在一起。要不是租了這個房子，至少你妹妹不會每天下班都能見到我們。」

如果說爸爸不夠愛我，那他一定是把所有可以給我的愛，在生命的最後一年裡加倍給了然然。當時爸爸的腦血栓日益嚴重，左側身體已經完全不受控制，左手、左腳用不上力氣，在那間小小的出租屋裡，爸爸總是用健康的右手想盡一切辦法逗然然開心。爸爸不管我給然然起了什麼大名、小名，只按他的喜歡，管然然叫「丫蛋」，爸爸坐在然然的小床邊，用右手摸摸她的臉蛋，再摸摸她的小手、小腿，不停地「丫蛋、丫蛋」地叫著，有時還用含混不清的嗓音吃力地打出個口哨來。然然笑了，爸爸也笑，一老一小，常常這麼樂此不疲。爸爸每次笑起來時，還會總結般說一句話：「這麼好的孩子，誰不喜歡，那是傻子啊！」

有一次，爸爸非要抱抱然然，媽媽擔心他抱不穩，當心把然然摔著了，爸爸就像個孩子般乞求媽媽：「就抱一下，就抱一下」，見媽媽還是不同意，爸爸急得要發火：「你怎麼這樣啊？我肯定不會摔了孩子的，你就給我抱一下吧！」爸爸用他的右手托著然然的小屁股，讓然然把小腦袋靠在他的右胳膊上，同時生病後就一直攥成拳頭，伸不開的左手和左胳膊，還吃力的搭在然然的身上，然後爸爸低頭看著懷裡的然然，笑意盈盈：「丫蛋！丫蛋！給姥爺樂一個！」

等然然大了點，爸爸開始掏出一直視若珍寶般掛在腰間的手機，他用健康的右手打開手機，一下一下按著鍵找音樂，經常按錯了又要重新按，直到按出了音樂聲，見到然然聽著音樂高興得手舞足蹈，他才會滿意地笑起來。甚至，這個一直不讓任何人碰的手機，他會同意讓然然攥在十分不可靠的小手裡搖晃著擺弄，即使摔到地上，他也只是笑笑了事。

媽媽做飯、上街買菜、打掃房間時，爸爸就幫媽媽照看然然。當時住的社區對面就是菜市場，有時我下班回來得早，常常看到社區門口的長椅上坐著爸爸，爸爸面前的推車裡坐著然然，媽媽應該正在市場買菜。爸爸手中拿著一根冰棍，他自己吃一口，就給然然舔一下，然然舔一下，爸爸就笑一下。社區的門前，人們進進出出，沒人會注意到這是一個因為生病而變得生活不能自理的老人，在照看一個幾個月大的嬰兒。而我，看著那一刻夕陽就要落山的柔和光線，透過長椅後銀杏樹葉的縫隙，晃動在爸爸和然然的臉上，一直以為這樣的場景可以永遠繼續下去。

日子看似悠閒，卻一刻不曾停留，直到爸爸生日那天。只是，我們當時只顧著歡笑，並不知那卻是爸爸最後一個生日。

那天，我們早早地到了住處附近的一家酒店，沒有包房，我們只好坐在大廳。點了爸爸愛吃的飯菜，還特例給爸爸要了一罐無醇啤酒。吃過蛋糕許了願，我提議來玩成語接龍，接得慢或接錯了的要罰唱歌或罰酒。爸爸興致很高，頭腦也非常清楚，每次接到他那裡都可以順利通過，而到了媽媽那，爸爸總忍不住要提醒她。後來我們抗議，說如果爸爸再提醒媽媽，就要罰他了。爸爸笑得很開心，開始故意加大提醒媽媽的力度，一邊心甘情願受罰，一邊善意地嘲笑媽媽反應慢。我為了讓氣氛更活躍，開始故意說錯，把一些明明不是成語的詞搬出來逗趣，比如爸爸說「虎頭蛇尾」，我就故意接著說「尾巴太短」，媽媽說了「一帆風順」，我就說「順便吃點」，惹大家笑得前仰後合，然後我心甘情願受罰唱歌。我們喝著酒，唱著歌，笑得肚子岔了氣，全然不顧旁人詫異的目光。有一次爸爸因提醒媽媽要受罰，他高興地舉起酒杯，我們卻笑他是饞酒了故意犯戒，堅決不許他喝酒而只讓他表演，爸爸也不推辭，高高興興唱起了《紅星照我去戰鬥》，疾病折磨得他的舌頭已經歪到一側，使他的聲音含混不清，但爸爸仍費力地將每一個字唱得儘量清晰：「小小竹排江中游，巍巍青山兩岸走……」

能唱歌、能喝酒、能玩成語接龍的爸爸，總不相信他的病好不了，所以他除了針灸治療外，還一直堅持每天繞著社區走路鍛煉，風雨無阻。

一天，爸爸出門後不久，驟然下起了暴雨。雨點劈頭蓋臉不由分說地落著，外面的人四處逃散，窗玻璃也被震得劈啪作響。我擔心爸爸在這樣措手不及的暴雨中會滑倒，立刻拿了雨傘衝出家門去接爸爸。

可是，偌大的社區，雨霧瀰漫中，一個人都沒有，哪有爸爸的影子？

我開始感到不安，眼前晃動著爸爸滑倒了一個人躺在雨水裡的情景、爸爸躲閃不及被車撞倒的情景、爸爸身體突然不舒服出了意外的情景……我跑了起來，在社區一棟樓與一棟樓的間隙不停奔跑、張望，雨傘不斷被風掀翻，更多的雨點紛紛落到身上，我索性拋開雨傘，更大步地跑了起來。社區裡沒有，我又奔向社區外面查看，依然沒有爸爸的蹤影。

我繞著社區，裡裡外外跑了三遍，就是找不到他。

打爸爸的手機，始終無法接通。我瘋了似的反覆撥打，心裡期盼著，就算爸爸摔倒，或是出了意外，周圍也能有個好心人接聽一下他的電話，告訴我該去哪找他。我幾乎要哭出來了，爸，你到底在哪兒啊？

突然而至的暴雨來得快去得也快，終於，在暴雨將歇的時候，爸爸的電話接通了，信號不是很好，斷斷續續中，我聽清爸爸說他在地下車庫。啊，這個爸爸，他的腦子並沒有因為生病而完全壞掉，暴雨來臨時，他還知道到社區的地下車庫避雨。我立刻跑去找他，爸爸果然就在車庫出口附近的斜坡上，頭上有頂棚擋著，身上一點都沒淋濕。見到爸爸的那一刻，我鬆了一口氣，而爸爸看看渾身濕透的我，有些埋怨地說：「唉，我自己知道躲雨，你找我幹什麼呀，把自己弄得這麼濕。」稍後，爸爸就像回到了沒生病時的那樣從容坦然，看著外面漸漸變小的雨滴，淡淡地說了一句：「雨小了，咱們回家吧。」

春天走了，夏天到來，秋天過後，又是冬天。爸爸和我們在這短暫的一年中走過了四季。我們在春日裡爬香山，在夏季的落日餘暉中去看盧溝橋，伴著秋天澄淨的晴空，登上天壇的祈年殿，隨著隆冬裡的皚皚白雪逛了廟會，還到了通州的運河公園，見識了一場騎馬娶親的傳統婚禮。我們在每一個天氣晴好的假期，興高采烈地穿越這個古老的城市，到我們想去的地方……然而，在下個雨季來臨時，我卻再也找不回爸爸了。多想再聽他說：「雨小了，咱們回家吧。」

最後的叮囑

是我親手把爸爸送上了不歸路。

二〇一〇年的四月，我給爸爸媽媽租的房子租約到期，而這也正是一年前爸爸來北京時，和姑姑們約定回老家的日子，小姑姑的女兒定在這一年的五一結婚。而我在半年前也已經把原來的房子賣掉，換了離市區更近也更大的房子，當初賣房時說好了五一前騰房。所有的理由，都成了爸爸媽媽在這段時間回老家的必要條件。但我卻忘記了，或者是有意無意忽略了一個事實：爸爸在那時已經病重。

四月下旬臨近回老家之前，爸爸堅持要洗一個澡，結果在出浴缸時滑倒。隨後在深夜起床如廁時再次摔倒，嚴重到將出租屋內的茶几砸了個粉碎。

在那之後，有一個晚上，深夜兩點左右，我的手機刺耳地響起，是媽媽打來的，說爸爸突然病得嚴重。我慌亂地穿好衣服來到他們的住處，看到爸爸躺在床上，眼睛瞪得老大，幾乎只剩下眼白，嘴巴誇張地向同一側歪斜著，呼吸異常困難，似乎隨時都會因為喘不上最後一口氣而離去。從沒見過這種狀況，我感到害怕，慌了手腳，只顧上和妹妹在旁邊大哭。媽媽往爸爸嘴裡塞進大把速效救心丸，爸爸拼盡力氣搖頭，不肯吃藥。媽媽急得直跺腳，我和妹妹大聲叫著爸爸。大概三五分鐘的樣子，爸爸緩緩地平穩起來，呼吸順暢了，神情也正常了。爸爸恢復正常後搖著頭對媽媽說：「不是心臟的事，別給我吃那個藥，太苦了。」媽媽堅持認為是心臟的事，不然為什麼發作起來那麼厲害，卻又一下子就好了？爸爸邊搖頭邊痛苦地說：「太苦了，苦不堪言啊！」雖然爸爸這次的舉動駭人，而且發作得那麼突然，但是因為很快就恢復正常，我們都以為是偶發情況，我們決定多觀察幾天。沒想到第二天夜裡，爸爸再次發作，和第一天的情況非常相像。

天亮以後，我們決定帶爸爸去醫院檢查。可是，北京的醫院永遠人山人海，我和老公以及妹妹雖然在北京工作多年，卻不認識一個在醫院工作的人，所以僅僅掛號這件事，就比登山還難。等終於見到了醫生，只匆匆看了兩眼就打發我們去給爸爸做腦部斷層掃描，取回結果，醫生仍是匆匆看了兩眼：「腦梗塞，陳舊性病灶，這病是不可逆的，沒什麼特效藥，回去控制好血壓！」我們就這樣輕易被醫生打發了。

後來，我想起同事說通州的潞河醫院也是三甲（按：三級甲等醫院），那裡的人相對較少，離我們當時住的地方也還近些，於是我又帶著爸媽來到通州。掛號是容易些，可醫生與上一家醫院所說相差無幾，只是這裡可以輸液，據說是軟化血管疏通血栓的藥，但是沒有床位，不能住院。於是，在走廊裡，我們陪著爸爸輸液，他的狀態和之前沒什麼不同，又想到醫生說得那麼輕鬆，我們的心也放鬆了下來。回想起夜裡的事情就像在做夢。媽媽開始用她的神祕理論分析起來：「每次都是晚上犯病，時間都是夜裡兩點多，眼睛還老看著門，我看有可能不是病，回老家，我找人給你爸爸看看吧。」媽媽說的要找的人，是那種有「神通」的人，我心領神會。聽媽媽這麼一說，我好像也不那麼擔心了。

回家的日子一天天近了，爸爸顯得很高興，離家一年，或許那時的爸爸已經歸心似箭，他在我們猶豫著是否在醫院繼續治療時，像偉人那樣開心地大手一揮說：「一切照常，準時出發！」

為了讓爸爸媽媽少一些旅途勞頓，我給他們訂了機票，並為爸爸借來了輪椅。四月二十七日，我親自送他們到機場。

爸爸對我買的機票似乎很滿意。在機場等候的時候，爸爸那不知還有多少視力的眼睛，一直目不轉睛地望著我的方向，頭稍稍歪著，就像發呆的孩童，「看」著我出神，似乎怎麼看也看不夠。或許是父女連心，當時我心中突然湧上不祥的預感，總覺得像生離死別一般。但我對自己這種「不祥」的預感很是忌諱，拼命按下不去想它，故作輕鬆地與爸爸談論其他無關緊要的話題。我還沒開始說，爸爸卻發話了：「成績還沒下來？」爸爸說的成績是指我的職稱英語考試。這個我自己並沒怎麼看重的考試，爸爸卻很重視。所以，當我玩世不恭地說：「嘿，無所謂，今年過不了就明年再說，我現在是典型的不求上進」時，爸爸歎了一口氣，語調和緩地對我說：「不求上進可不行啊，還是得求上進！」

直到爸爸最後離去，他沒再叮囑過我其他事，而在他後來病重時，「還是得求上進」這樣的話，他又很認真地對我提起過幾次。這是爸爸對我的期待嗎？

忽然想起小時候爸爸常笑呵呵地向我背誦的一首古詩，他說那是他的語文老師教他們背誦的：「明日復明日，明日何其多？我生待明日，萬事成蹉跎。世人苦被明日累，春去秋來老將至。朝看水東流，暮看日西墜。百年明日能幾何，請君聽我明日歌。」爸爸總是驕傲地說：「別人只知道明日復明日，明日何其多，你知道後面的幾句嗎？」爸爸每次說到這，總會自得地背誦起後面的句子，並且告訴我，這是明朝人錢鶴灘的詩句。爸爸要我珍惜時間，做一個上進的人。可是，明日復明日，再多的明日，也找不回爸爸了，即使我努力上進，爸爸還能知道嗎？

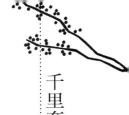

千里奔喪

四月二十七日中午十二點多，我正在陽臺上收拾東西，接到了爸爸的電話：「我已經到家了，你的姑姑、姑父們都來接我了，我很高興。」

爸爸說了好幾遍他很高興。

然而，我心中的預感卻揮之不去。

放下電話，我繼續準備搬家。我不僅要搬空自己的房子，還要收拾爸媽租的房子。

也許是因為爸爸在離開前那兩次深夜發病，當我一個人收拾他們的住處時，在空蕩蕩的房間裡，擺放的各種物件上還殘留著爸爸的氣息，看著他沒來得及收拾的茶杯、沒有帶走的被褥、吃剩的藥，我突然被一種巨大的悲痛擊倒：這會不會竟是我和爸爸的永別？

我是在收拾爸爸的遺物嗎？我掃地，從沙發下滾出曾經買來給爸爸用來鍛煉手部力量的彈力小球；我收拾廚房，看到爸爸剛剛用過的碗筷，就好像看到爸爸坐在那把木椅上看電視、量血壓，吃飯時會把掉到茶几上的飯粒吃力地撿起來再送進嘴裡，甚至用舌頭一粒粒地舔起來。我再也忍不住，失聲痛哭起來。

我不知道親人之間是否真的存在第六感，那時那刻，我真的有種撕心裂肺的疼，我真切地覺得爸爸可能不行了，也許我再也見不到他。雖然我極力克制自己這種「不吉利」的想法，可內心就是疼得停不下來。明知道爸爸已經平安回到老家，可那種籠罩著的強烈預感還是讓我禁不住打起寒戰，我終於忍不住給老家的姑姑們打電話，電話通了，我卻一句話也說不出來，只是不停地哭。姑姑們被我的舉動搞得莫名其妙，她們按照自己的理解安慰我：

「沒事的，你爸媽回來又不是再也不去了，什麼時候想再去北京看你們，隨時就去了唄，你看現在坐飛機這麼方便！」

「知道你捨不得他們回來，可這是他們的家，你要實在想他們，找個假期就回來了。」

「不哭了啊，哎呀，這孩子，怎麼哭得這麼厲害！這是怎麼說的？」

我嗚嗚地哭著，含混不清地說著「我爸他再也回不來了，再也回不來了啊」。可是沒人能聽懂我的話，她們只以為我是捨不得爸爸媽媽回去。

我多麼希望她們說的是真的，我只是捨不得爸爸媽媽回去，然而，四月二十九日晚上，當我正開著車，準備把小件行李運到新家的路上，接到了媽媽的電話。

「媽知道你現在忙著搬家，現在這時候是不是什麼火車、飛機都沒有了？你能想辦法買到今晚的票，讓你妹妹先趕回來嗎？」媽媽的話充滿焦急，卻又小心翼翼地試探著，不敢說全。

「媽，怎麼了？你告訴我實情吧，是不是爸病重了？」我太瞭解媽媽了，要不是爸爸病得很重，她絕對不會打這通電話。

我的話，讓媽媽一下子哭了出來：「今天叫了救護車把你爸送到市醫院，才到醫院，大夫就下了病危通知書，媽怕萬一你爸有個好歹，兩個女兒沒一個在身邊。」

「媽，你別著急，我知道了。」掛了電話，我故作鎮靜，心裡已經打定主意，還能有什麼車？我正開著的不就是嗎？這就打電話聯繫妹妹，我們立刻開車回去。

把後車廂的物品放進房子，給妹妹打電話，回家簡單收拾了東西，然後接上妹妹，直奔京瀋高速（公路）。過收費站時，車上的時間顯示已是午夜十二點。

我還會再見到爸爸嗎？我這是車行千里前去奔喪嗎？腦子裡不斷出現這樣的念頭。我又忍不住想，或許正是飛機害了爸爸？當初因為擔心長途火車會讓爸爸承受更多痛苦，卻忽略了飛機的氣流可能會讓爸爸的血管產生更嚴重的不適。還有，在兩次夜間不明原因發病的情況下，我是否該為爸爸做更詳盡的檢查？而不應該讓他回老家？

妹妹坐在副駕駛的位置，兀自擺弄手機給男友發著簡訊。她剛剛和我生氣，因為爸爸一直反對她和這個男友交往，可她竟然堅持要男友和我們一同回老家，我反對時的話說得衝了一些，讓她對我充滿敵意。

我和妹妹就那樣一夜無話，她因為生悶氣，我因為爸爸的病心情沉重，隨時擔心會再接到媽媽的電話，告訴我更加不幸的消息。

第二天天亮後，我把車開進休息站，匆匆上過廁所，買了兩個茶葉蛋繼續上路。不知是誰先開的口，只記得我對妹妹說：「你要有心理準備，爸快不行了，很有可能我們回去連最後一面都見不到。」妹妹根本不相信我說的話，爸爸走的時候不是還好好的？

「你這個傻子，如果不是到了一定程度，媽會給我打這樣的電話嗎？」我忍不住雙手用力拍了拍方向盤，真希望這個心理年齡像個孩子的妹妹能儘快清醒，爸爸對她最好，我真怕萬一爸爸真的走了，她會受不了。

「不會的，爸一定不會有事的。」妹妹只喃喃著這一句話，我怎麼說，她都只是這一句話。我不知道她是被突如其來的打擊嚇傻了，還是她遠比我想像的堅強。

就要進入省際公路了，車速降了下來，路邊不斷有喜鵲類的大鳥，俯身貼著車的擋風玻璃快速飛過，越來越熟悉的故土風光，卻引不起任何思鄉情懷，我只感覺天空低沉，風旗黯淡。奶奶在世時常說，爸爸出生那天，院子裡落了一隻大鳥，奶奶就說，來了就住下吧。這話說給那隻大鳥，更是說給爸爸聽，後來爸爸的乳名就叫「來柱」，爸爸是大鳥變的嗎？這麼多大鳥向著我們的車飛來，有什麼特別的預兆嗎？

妹妹突然說：「姐，你聽說過吸引力法則嗎？如果你老是想不好的事，那不好的事情就一定會發生。我們不能被媽的意識牽著走，我們一定要在心裡想，爸會沒事的，爸就一定不會有事的。我們說好了，回去後見到爸，誰也不許哭，要不然爸一見到我們大哭著回去，就算原本沒事，也肯定以為自己不行了，那就真的不行了。」妹妹的話提醒了我。是啊，如果我們呼天搶地地奔向醫院，爸爸不就會感覺到我們是奔喪而去嗎，他還怎麼能有信心和病魔抗爭呢？而且，爸爸返家之前，除了那兩次莫名其妙的發作外，並無其他身體明顯衰竭的症狀，怎麼會說不行就不行呢？我決定像妹妹說的那樣，真心祈禱爸爸沒事，並且從心底裡說服自己相信爸爸沒事，我們一定會見到爸爸，而且要想辦法讓他渡過這次難關。

車上沒有GPS，又是第一次走這條路，偏偏還遇上封路，原本只有八百多公里的行程，卻讓我們走了十四個小時，直到第二天下午，才終於到達爸爸住的醫院。一路上除了媽媽擔心我們安全打來的電話外，沒有接到爸爸的噩耗，這說明妹妹說得對，「奔喪」這件事根本就不存在，爸爸一定會沒事的。

我是逆子

那天下午，我和妹妹千里跋涉，終於趕到醫院。病床上的爸爸胸前貼滿了各種線路，連接著床頭的監護器，監護器滴滴答答地顯示著他的心跳、脈搏；腳踝上插著輸液管，輸液管的另一頭，連接著床邊板凳上一個嚴格控制液體滴入速度的泵；胳膊上纏著量血壓的帶子，每隔幾分鐘就會自動測一次血壓。爸爸昏昏沉沉，知道我們回來後，神情黯淡地流出了眼淚。妹妹說得沒錯，我們的歸來讓爸爸有了不好的預感。我和妹妹對看一眼，彼此心領神會，按照路上的約定，嘻嘻哈哈地和爸爸來了開場白：「老爸，你怎麼搞的，回家高高興興的，怎麼把自己弄到這裡頭來了？我們倆回來給你加油打氣！你快點好起來，我們一起回家啊。」爸爸聽到這些話，眉眼間果然流露出放鬆的神色，甚至略帶開心地笑了起來。情況遠比我想像得要好。

我的車就停在醫院的停車場，儘管從醫院走路十幾分鐘就可以回家，我卻未進家門直接開始了陪床的生活。陪爸爸做檢查，接待前來探病的親屬，餵爸爸吃東西，伺候爸爸大小便，很快就到了休息時間。連續兩天準備搬家，又緊接著開了十幾個小時的車，這時我已感到極度疲乏，心臟也開始不舒服，我想快速入睡恢復體力。

沒想到爸爸根本不讓我睡。

病房是四人間，條件不是很好。家人擔心我一個人陪床，遇到特殊情況處理不了，和我一起陪床的還有姑父。姑父睡在旁邊一張空床上，我準備躺在爸爸床尾過道搭起的幾把椅子上。

我剛把自己安頓好，頭還沒等挨到衣服墊成的臨時枕頭上，就聽見爸爸在床上說：「扶我起來，扶我起來。」我連忙跳下椅子，姑父也起來幫忙。爸爸身體很重，我們兩人合力才把爸爸抱了起來，我又在他身後墊上枕頭：「爸爸，怎麼了？」

「唉！難受，身上這些東西太難受，幫我拔了！拔了！」爸爸像小孩子一樣發脾氣。

「爸爸，這些不能拔，你再忍一忍，等病好了我們就出院。乖乖的，睡吧。」我儘量耐心安慰。

爸爸繼續抱怨難受，坐著也不舒服，屁股疼，他再次要求躺下。我和姑父小心翼翼地合力讓他躺下。躺倒後，爸爸又想翻身，這時我才發現爸爸幾乎已經不能自己翻身了，而借由外力讓他翻身，甚至比讓他坐起來還要吃力。我和姑父直弄得滿頭大汗，才讓爸爸暫時停止了抱怨。

我重新回到椅子邊，可這次還沒來得及坐上，又聽到爸爸在大聲叫我：「快扶我坐起來！快扶我坐起來！」

就這樣反反覆覆不知多少次，我終於忍耐不住了，有些生氣地對爸爸說：「爸爸，你就不心疼我嗎？我開了十幾個小時的車，心臟難受得要命，求求你讓我睡一會行嗎？姑父明天還要上班，求求你別折騰我們了，老老實實躺一會兒吧！」

說完這一大堆話，爸爸歎了口氣，不再提什麼要求。我終於躺到了椅子上。

房間變得安靜起來。

就在我暗自舒了一口氣，準備踏實睡去的時候，爸爸躺在床上悠悠地說了一句話：「逆子啊，逆子。你就是個逆子。」

這句文縐縐的話，居然把我和姑父都逗樂了，逆子就逆子吧，只要能讓我睡兩個小時的覺，管我叫什麼「子」都可以。

爸爸在醫院住了一周多，我衣不解帶地陪了一周多。每天，爸爸都要這樣反覆折騰。當時，我並不覺得這是爸爸身體難受的反應，反而認為是他的大腦被血栓堵塞得失去理智的表現，因為醫生給出的結論是爸爸的血栓位置已經覆蓋了顳葉、枕葉、頂葉，甚至部分腦幹，他的一切反應已經近乎精神病患，並不能清楚地意識到自己的行為，而他在北京時那兩次夜裡抽搐的經歷，恰恰印證了這一點——醫生判斷那是堵塞引起的癲癇發作。

這一周裡，我盡責地侍奉爸爸，使出全身所有的力氣到床上抱他起來，有時甚至要整個人站到床上，一點點搬起爸爸的頭，趁著爸爸的後背稍微離開床一點，快速將自己的身體擠進去，然後像千斤頂那樣頂起爸爸的身體，再從爸爸身後摟住他的腰，吃力地讓爸爸坐起。

有時想盡各種姿勢幫爸爸翻身，為他擦身子。餵爸爸吃飯時，為了讓他能夠坐起來吃，我就背靠背地坐在爸爸身後，用自己的背部支撐起爸爸。當妹妹面對爸爸的大小便而捂著鼻子逃走時，我則自然而然地像照顧一個孩子那樣給爸爸倒大小便，甚至當他便秘時，我會毫不猶豫地幫他用開塞露，用手去摳……但是，在這一切舉動的背後，不容逃避的是，我開始越來越想念留在北京的然然，那時她才只有一歲多，自從出生以來第一次離開我，我擔心她會吃不好，睡不好，最關鍵的是，我想她了，想她胖嘟嘟的小臉，想她甜膩膩地叫媽媽；同時，我也開始擔心請這麼久的假會不會丟掉工作，領導和同事會怎麼想。而且，這樣的日子會持續多久？爸爸沒有絲毫康復的跡象，但也沒有繼續惡化。他能吃能喝，只是不能翻身，不能坐起來，大多時候是因為在病房裡感到煩躁而發脾氣。我有些後悔，若是我和妹妹當年有一個人選擇留在老家，這時就可以更好地照顧爸爸了；也有些哀歎自己沒本事，不能讓爸爸在北京接受更好的治療，如果爸爸在北京，我的孩子和工作多少都能兼顧。接下來，我該怎麼辦？總不能一直這樣下去啊。

同時，我並沒有看出這個醫院有任何積極搶救的措施，輸液早已停止，每天只是按時量體溫、血壓，身上繼續貼滿線路監控心跳、脈搏，有一兩次監控器顯示爸爸的心電圖跳得很亂，我去找醫生，醫生過來看了一眼，只是輕描淡寫地說：「可能是膠帶貼得久了，儀器有些失靈。」去問主治醫師爸爸的病情，給的答覆是：「這個病是不可逆的，目前也沒有特效藥，已經下了病危通知書，能恢復到現在這個樣子，說明治療已經見效了。至於以後，最好也就是維持現狀。」

現狀是，爸爸開始徹夜高歌，當整個病房開始安靜的時候，爸爸就高舉雙手，在床上大唱他年輕時代的語錄歌：「文化大革命就是好！就是好！就是好！」或者慷慨激昂地演講：「偉大的毛主席，敬愛的林副統帥……」同病房的患者家屬紛紛找醫生抗議，或者搬出這間病房，就連其他房間的患者也被吵得無法安睡，有時會有家屬來敲門，希望我們讓爸爸安靜下來。

白天，爸爸開始撕扯粘貼在他身上的線路：「我要出院！我好了！我不在這待著，我要回家！放我回家！這是地獄，我不要住在這，我要回家！」

醫生們也坐不住了，他們找到我和媽媽，婉轉地表達希望我們讓爸爸出院的意思：「現在床位緊張，他的情況估計也就是這樣了，不如回家去好好照顧。有什麼情況，反正你們家離醫院也近，可以隨時再來就診嘛。」

醫生建議出院，爸爸自己要求出院，其他患者盼望爸爸出院，而我，也實在覺得住在這樣一個沒有採取更多救護措施的醫院，確實沒有太大必要，或許真如醫生所說，出院後在家好好照顧，對爸爸來說可能是更好的選擇。爸爸出院了，也意味著我可以回到北京熟悉的生活裡。在這麼多看起來「完全正確」的理由下，我們開始考慮讓爸爸出院。正式辦理出院手續前，媽媽、妹妹和我認真地商量了一下後續照護方式：爸爸有可能徹底癱瘓了，媽媽一個人照顧爸爸，實在有些吃力，所以要找個保姆和媽媽一起照顧爸爸。這是一個看起來最切實可行的方案。於是，在親戚的幫忙下，很快聯繫到了一個合適人選。同時，妹妹因工作相對自由，可以留下繼續幫助媽媽照顧一段時間。

爸爸出院了，我再次一個人回到北京。

回來不到一周，就接到媽媽的電話，爸爸的情況又不太好，我需要再次請假回家。這次我選擇了坐火車，心情反而不像上次那麼緊張，總覺得就像爸爸每天重複地要求起身、躺下，無非就是來來回回折騰，肯定不會有什麼大事。

可是，回家後的景象讓我大吃一驚，才幾天時間，爸爸除了眼睛尚能轉動，身體其他各處全然不聽指揮，甚至連吞嚥都做不到，即使是用棉花棒蘸點水餵他，他也會嗆到。爸爸看著我回來，只能眨眨眼睛，連話也說不出來了。

爸爸的身體狀況已經半點也經不起折騰，我家沒有電梯，這樣上上下下去醫院，顯然是一段非常冒險的旅程，所以爸爸只是安靜地躺在家裡，媽媽透過熟人找來醫生到家裡給爸爸看病。醫生的診斷結果是，爸爸的症狀應該是血栓堵到了腦幹，建議輸入腦蛋白，同時吸氧。

不吃東西，也不喝水，一個人能維持多久？我眼見著爸爸的身體就那樣衰敗下去，越來越沒有生氣。我們在房間裡走動、吃飯，他只是轉動眼睛看著，但我用手指在他眼前晃動時，卻發現他的眼珠並不隨著我的手指轉動，或許他其實已經沒有視力，他的心裡在想些什麼，我全然不知。

家人全說爸爸吃不了東西，吃了就嗆，而嗆食物也是腦血栓後遺症的一種，所以每個人都覺得這就是爸爸的正常病理反應。我從沒懷疑過這樣的判斷，只是還有些不死心，不時試探著給爸爸餵點牛奶。家人想了很多辦法，用棉花棒蘸著牛奶餵，或是用注射器餵，但毫無例外地會被爸爸嗆出來，而我在無奈地放棄各種嘗試後，也是理所當然地和所有人一樣，認為這是爸爸的正常病理反應。

表姐說，當我在爸爸出院後返回北京那段時間裡，爸爸在意志仍清醒的最後時刻，曾向她和媽媽呼喚過什麼，雖然已經發不出聲音，但表姐和媽媽都感覺到爸爸的口型分明是在呼喊我的名字。爸爸或許以為只有我可以救他，而我這個逆子，及時回到他身旁，又為他做了什麼呢？

當時的我，只顧著悲傷地想，爸爸這關是真的過不去了，只是我們還不知道死神究竟會在哪一天來臨。

姑姑們還是希望送爸爸去醫院，可我聯想到之前那些醫生的不作為，爸爸被渾身束縛時的極度痛苦，甚至想到如果再次入院後，爸爸可能還會被插入胃管、導尿管，我就覺得與其讓爸爸去他眼中的「地獄」裡煎熬，不如我們陪他在家安心地走。

可是，我真的做對了嗎？

爸爸走後，有一次，我躺在床上和然然玩耍，然然非要給我餵水喝，餵到嘴邊的水全被我嗆了出來。我一邊劇烈咳嗽，一邊坐起身。隨後嚇出了一身冷汗：人躺著是無法喝水的。我猛然想起，爸爸病重後，我好像從來沒試過扶起爸爸再餵他，爸爸會不會就只是身體不能動，而被我們誤以為是無法吞嚥，生生餓死了呢？

我果然是天下最大的逆子……

爸爸走後，我無意中看到一檔日本電視節目，一個八十多歲的老人，已經因中風全身癱瘓躺在床上二十多年，除了眼珠，身體其他部位都動不了，而她的兒媳婦每兩小時為她翻一次身，她的飲食是透過胃管進行的，每天兒媳會把包括仔細挑出魚刺的魚肉在內的食物用攪拌機絞碎，再用胃管餵她。記者問這個兒媳，她是如何堅持二十年的，兒媳說，她曾無意中看到婆婆病得還沒這麼嚴重時寫的一封信，內容是感謝她那麼細心地照顧自己。這期節目，讓我哭到幾乎岔氣，我真的是個逆子，那是我的親生爸爸，而我竟然不如一個照顧婆婆的兒媳。反覆聯想我躺在床上，然然餵我喝水，被我嗆了出來的情景，我越發懷疑，爸爸當時真的僅僅是因為躺著而無法進食。爸爸，或許竟是死於我的疏忽和冷漠！

他那時不斷追逐我的眼神裡，該有多少求助的訊息，卻被我那麼輕易忽略，我自以為是的想著這種做法可以減輕爸爸的痛苦，為什麼我竟對爸爸那麼強烈的求生欲望視而不見呢？這不是逆子又是什麼？

前幾天看到一篇醫生寫的小文，讓我換了一個角度思考這個問題。文中說到，有時明明知道患者沒有任何希望，搶救不僅是花錢如流水，而且病人要遭受更多痛苦，但還是要全力搶救。因為搶救的過程是對患者家屬的安慰，即使出現最壞的結果，但可以換來家屬心理的緩衝。就算結果是一樣的，但是因為走向死亡的過程不同，死亡所帶來的相關問題、體驗和結果也是不一樣的。

那麼，如果當初送爸爸去醫院，做了全部的努力，我的負疚是不是就會少一點？爸爸在離世的那一刻，是否也會了無遺憾？

最終的道別

爸爸病到最後的那幾天，家裡開始有很多親戚進出，大家都看出爸爸的日子不多了，但是有人說大概就是一兩天的光景，有人卻說再有十天半個月也沒問題，誰也不知道死亡會在何時到來。我先生帶然然從北京趕了回來，有時我會抱著然然讓爸爸看看，然然雖然很小，還不明白發生什麼事，但往日裡姥爺那麼疼愛她，她見到姥爺一動不動躺在床上，竟也會主動去撫摸姥爺的胳膊和腿。我不知道爸爸還能感知多少，有時為了給爸爸一點安慰，我就讓然然幫忙給他按摩雙腿，她真的就用小手捏來捏去。

真的很殘忍，似乎我們每個人都在等待爸爸的離去，只是不知那一刻何時到來。

清晰地記得，五月二十日那天晚上，我做了一個奇怪的夢。夢裡有兩隻黑白線條畫的鴛鴦，頭朝著兩個不同的方向，早上醒來後還能清楚地記起那些線條，不知是何寓意。

隔天早上，我來到爸爸的床邊給他擦臉，見到床邊桌上放著的桌曆，日期還是五月二十日，我順手撕掉一頁。頓時，我的心臟幾乎停止跳動：老式的日曆上，標注了那一天是節氣裡的小滿，最重要的是，那頁日曆下面用黑色的線條畫了兩隻鴛鴦——和我夢裡的鴛鴦幾乎一模一樣。我發誓之前從未翻看過這本日曆，為什麼會夢到和這天的日曆如此相像的場景？這是什麼預兆嗎？媽媽剛巧過來，我突然拉住媽媽的手：

「媽，爸可能過不去今天了！」

媽媽被我說得呆住了：「你怎麼知道？」

我搖著頭，指著日曆：「我夢到了，我夢到這一天了，我昨晚夢到和這上面一模一樣的兩隻鴛鴦啊！」

媽媽低頭看日曆，上面兩隻鴛鴦在水裡一前一後游著，頭卻朝著兩個方向。「這是老天要棒打鴛鴦嗎？我和你爸真的要散了嗎？」媽媽泣不成聲。

我安慰媽媽，那只是一個夢，也許是我胡思亂想的，別當真，爸爸也許還有救。

然而，正是那晚，爸爸燃盡了生命裡最後一顆火星，永遠離開了這個世界。無論我怎樣在他耳邊絮絮叨叨，爸爸最終撒手而去，沒有留下一句話，無論是怨恨還是囑託。

那晚，昏迷了很久的爸爸輕輕呼出最後一口氣，緩慢而綿長，卻輕飄飄的，像獨自從天而落的降落傘，在地上慢慢地攤平、延展，直至與大地合二為一。如同一個樂章的短暫休止，指揮家的手輕輕落下片刻，隨之而來的是疾風驟雨般的激昂音符，房間裡瞬間爆發出驚天動地的哭聲。

爸爸的床邊圍滿了人，哭聲被阻隔在床邊的人群之外，男性親屬們已迅速圍攏上前，默無聲息地給爸爸換穿衣服。我掙扎著上前，雙手在空氣裡胡亂抓動，卻不知想要抓住什麼，只是徒勞地揮動著手，就像溺斃前的人在水中掙扎，我上不來氣，拼力想要躍出水面，但身上卻有一雙別人的手，像水草一樣緊緊裹纏著我，同時還在耳邊不停勸說什麼，我絲毫掙脫不得。周圍應該充滿了歇斯底里的號啕、低聲的啜泣、同情的哀歎，以及蒼白的安慰，我卻什麼也聽不見，就好像那些聲音甚囂而上，糾纏成了水面上揮之不去的霧靄。我只是透過床周圍的縫隙，透過雜亂揮動著的不知什麼人的胳膊、身體，看著裡面的一點點景象：有人站到了床上爸爸的頭頂部位，支撐起他的後背，爸爸的上衣被脫去，身子癱軟得像被抽去筋骨，更像一個被刺破的麻袋，由人擺弄，卻無論如何也立不住，只能借由身後人的支撐，隨意滑向任何一個角度。有人在問：「衣服呢？衣服呢？」那個我一直不敢打開的黑色塑膠袋，終於經過眾人的手，遞到床前。而我，只來得及輕輕觸碰了一下袋子的邊緣，便又被忙亂的人群擋住，看不見爸爸了。

不知何時，不足七十平方公尺的老房裡，擠進了幾十個親友，煙霧繚繞，哭聲震天，人們忙碌嘈雜，進進出出，就像一幕沒有經過任何彩排的大戲，突然被拉開了帷幕，主角當然是爸爸，卻沒分給他一句臺詞。

早準備好的孝布，已經戴在我和妹妹的頭上。我被人拉到窗前，手裡不知何時多出一根木棍，面前還有一把椅子，有人在我耳邊教授，讓我站到椅子上，以木棍指向看不見的西南夜空，然後朝著西南方大聲為爸爸「指路」：

爸！

西南的大路有三條，

你要記得走中間。

那該是一條什麼樣的路？會花枝繁盛、綠柳成蔭嗎？為什麼我眼前出現的是荒涼的黃土小徑？想來縱是繁花似錦，無人陪伴，也只會有孤單的背影吧？我什麼也看不到，卻按照人們剛剛教的話給爸爸指路。窗外一片混沌，城市的夜空早已看不見星星，就像一鍋加多了胡椒粉的清湯，路燈的昏黃光線映照著各種浮塵。窗子已經打開，有風吹送，長長的木棍伸出窗外，沒有回聲，我拼盡力氣喊出的話，會傳達到宇宙深處嗎？據說人去世時，最後喪失的是聽力，爸爸聽到我指路的話了嗎？

身後，客廳牆上掛著的那面時鐘，永遠定格在了二〇一〇年五月二十一日晚上的八點十四分。當時手頭沒有紙筆，某位親戚擔心我們記不住這時間，而將掛鐘的電池取了出來。從那以後，這塊電池再沒有放進去，爸爸曾抬頭看過無數次時間的這面鐘，無聲地停止了它的腳步，像在為爸爸送別，更像無聲的宣言：八點十四分，8-1-4，爸-要-死。爸爸是以這種方式告訴我們，他真的要走了嗎？

有人說，時間就是從出生到死亡的距離；那麼，爸爸的時間就在這一刻宣告結束，對爸爸來說，那以後的任何事、任何人，都再與他無關，他的世界裡當是無黑、無明、無任何喧囂。

五月二十一日，5-2-1，我愛你。

八點十四分，8-1-4，爸已逝。

肆　永別又重逢

葉子綠了又黃，日子來了又去。
時間的長河之上，親人們在不同的航段行走，相遇又分離。
遠去的爸爸卻又以另外的形式與我相逢，
並為我展現他此前的旅程。

一場戲

爸爸走後最初幾日的記憶並不連貫，像被剪輯過的電影鏡頭。樓下空地上很快搭起了帆布做的靈棚，裡面放著爸爸的照片，爸爸那一對大大的耳垂，仍像每次被人誇獎是有福氣的象徵那樣驕傲地垂著，鼻孔闊大坦然，稀疏的頭髮修剪得短促齊整，那是生病前的爸爸，笑得自然自在，像個佛爺。相框前是一盞油燈三炷香，爸爸不在，他被送到殯儀館中一個小小的告別室，等待我們的最後告別。更多的人陸續趕往家中，在靈棚裡進進出出。我穿著黑色的衣服，頭上頂著白色粗布，迎來送往，陪著前來弔唁的人向爸爸的照片鞠躬，哭泣。沒人進來的時候，我會學著爸爸的樣子，雙手擋住打火機，小心地湊到嘴邊，點燃一根香煙，然後靜靜地放在爸爸的照片前，看它和燃著的香一起忽明忽滅，漸漸變短。

靈棚外，層層疊疊的花圈擺出去很遠，花圈前散放著很多凳子，人們三三兩兩地坐著。幾個姑姑，有的來了又走，有的悄悄抹淚，有的坐在那裡發呆；一個平時來往並不密切的親戚默默地坐了一下午；兩個多年前的鄰居坐在那裡喝著啤酒大聲聊天，直聊得臉紅脖子粗；還有一些堂哥手下前來幫忙的小弟兄，沒有得到堂哥的吩咐不敢馬上離開，坐在那裡有一搭沒一搭的瞎扯，遠遠地發出陣陣笑聲；也有幾個我的同學聽到消息趕來，男生們拍拍我的肩膀，女生們緊緊擁抱一下，大家都不知道該說什麼，匆匆在我手裡塞下一卷錢就轉身離開……

五月的天空湛藍悠遠，一群鴿子響著鴿哨呼嘯而來，又呼嘯而去，日子好像和多年前沒什麼兩樣，靈棚外的每個人都好好的，也好像和多年前無甚差別，那些來為爸爸送行的同事，每個人都健健康康，一如多年前的模樣，怎麼就只有爸爸不一樣呢？他怎麼就那麼急，一個人傻傻地走了？

我努力不讓自己想太多。就像有人說的，如果你集中精力在沙灘上堆城堡，就會感受不到即將到來的海嘯。我盡心盡力做眼前該做的一切事，照顧到每一個來送別爸爸的人，按照葬禮主持人的吩咐做各種儀式，有時會恍惚自己身在何處。一種不真實的感覺圍繞著我，我感受到的不單是痛，還有一種喧囂中的疏離。無人來時，我覺得好像還有一個我，身體輕飄飄的浮到了空中，和爸爸的靈魂會合後，一起坐在靈棚旁邊大樹的枝椏上，或是樓前高高的電線上，悠蕩著雙腿看腳下的一切。看人群中這個戴著白布的、現在被叫作逝者女兒的人，不斷地跪下、哭泣，張羅各種瑣事，有時還會發呆。

直到最後的時刻到來，要送爸爸上路了。

殯儀館裡，永遠有著最喧鬧的聲音，卻總是冷得讓人打顫。人們在這裡最後送別他們的親人，一道門之後，就將是徹底的陰陽兩隔。無論生前男女老少、胖瘦美醜，都將在這裡化作一樣的青煙飄散而去。

那一天，在那個喧鬧又寒冷的告別大廳裡，我再一次變得什麼也聽不到了，左右都有人在攙扶我，我的身體還是不由自主地向下墜，人群繞著爸爸的身體緩緩移動，我卻怎麼也挪不開腳步，面前躺著的那個人，比爸爸小了一圈還不止，臉色蠟黃而乾癟，穿著我從沒見過的衣服。他真的是爸爸嗎？爸爸怎麼成了這個樣子？我想要摸摸他的臉，可那分明不是他的臉，這個人臉上一點肉都沒有，怎麼會是我的爸爸？被人群推著走，很多人在哭，我衝著那個陌生的身體張大嘴巴叫著爸爸，一圈過後，人群停了下來，喪禮主持人在前面大聲說著什麼，有人在耳邊告訴我：該跪下了，要磕頭了。我於是僵硬地跪下、磕頭，一下，兩下，三下，當我做完所有動作，再抬頭，爸爸已被遠遠地推走，我想再上前看一眼，可是他們再次緊緊拉著我，就像那晚他們給爸爸穿衣服時一樣，我怎樣掙扎也走不了，雙手胡亂揮動，卻什麼也抓不到。就那麼眼睜睜地看著爸爸在我眼前突然消失，心像是被一雙大手，一下子拽了去，空了。

「我爸呢？我爸呢？！」我像個和家人走散的孩子般慌張，可是，無論怎麼哭喊，都沒有一個人能回答我。我到底該去哪找回爸爸？我真的永遠都再也見不到他了？哪怕、哪怕——只是一具冰冷的身體呢？

捧著爸爸的骨灰，坐上靈車，送爸爸去墓地。請來主持葬禮的人就坐在旁邊，不時向車窗外拋撒著紙錢，同時不忘告訴我要給爸爸指路。頭昏昏沉沉，心空空蕩蕩。連日來不眠不休的身體在剛才的痛哭後徹底失去了力氣，我癱軟得像爛泥，突然間好像變得沒有一絲力氣悲傷，紛飛的紙錢就像電影中的慢鏡頭，而我不過是在其中扮演一場戲。懷裡的分量很重，但那分明是那個檀木盒子的重量，爸爸怎麼可能只有那麼一點點？爸爸，你在哪？前面不就是你的公司嗎？那年夏天家裡有事，我騎著自行車到郊區的分公司找你，路上還看到一條蛇呢，而我一直忘了告訴你。你辦公桌玻璃磚底下，一直壓著的那幅我小學時隨手畫的小畫還在嗎？真有意思，你還給那幅畫題了一首打油詩不是嗎？我們倆都對那首詩倒背如流：此畫頗像我，身矬心亦拙，志大才疏兮，奈何需求索。爸爸，這首詩真的寫得不怎麼樣，不過和那幅畫配在一起倒也挺完美。爸爸，前面就是我的初中了，那次我和你說我座位旁邊的後門上的玻璃壞了，沒想到你還真去給安上了，還劃破你的手，這事你隔陣子就要嘮叨一次，我聽的耳朵都起繭子了，這下你終於不會說了，可我想聽的時候怎麼辦……爸爸，這些路你都認識吧？但是我們要去哪？前面就要到我們的家了，車怎麼還在繼續往前開？這個家，你再也回不去了？

爸爸，你再也不回家了，我以後還管誰叫爸爸呢？我成了一個沒有爸爸的人了。

下葬、圓墳、頭七、三七、五七……一個又一個儀式中，我往返在北京到老家的火車上，像演戲一樣把爸爸送走了。戲散了，爸爸卻再也回不來了。

傻狗撵飛禽

送走了爸爸，我的生活又回到從前。北京的夏天已悄然來到，新家剛剛裝修完，為了安全，我們暫時寄居在離單位不遠的一處地方，我可以每天步行上班。一天早上，因單位需要提交一寸的大頭照，我翻出以前的一張相片光碟，趕在上班前到附近的照相館沖洗。走出照相館，晨光晃耀，周遭的空氣清新而濕潤，旁邊是車流不多的安靜小路，路邊的早點攤上有人在賣雞蛋灌餅，三三兩兩的行人匆忙走過。我還沉浸在前一晚的夢境中。

夢中，好像有一個房間，爸爸坐在房間正中的椅子上。周圍有很多人，每個人都在議論爸爸已經死了這件事，除了我，沒人看得到他。我從人群中吃力地擠出一道縫隙，哭著跑了過去，半跪著抱住爸爸，把臉深深地埋在他的腿上不願起來。我邊哭邊說：「爸爸，你可回來了，他們都說你死了，我就知道這不是真的。你可回來了，這回你可再也

別走了。」爸爸一句話也不說，

甚至也不碰我一下，他的腿上一點溫度都沒有，我疑惑地抬頭看。結果，我原本抱著的爸爸的身體突然就虛化了起來，逐漸變成一團白光，從椅子上輕飄飄地移走了。我伸手去抓，可光團沒有一點分量，更沒有一絲質感，抓也抓不住，攔也攔不住，我只能跟在後面跑，卻追不上光團的速度。最終，我感覺自己好像置身於一張巨大的白紙，突然成了上面繪製的一幅畫被定格了，爸爸變成的那團光卻仍在慢慢飄散、轉淡，直到飄出紙面不見了。紙面上的一切又活了起來，周圍的聲音越來越大，大家都在笑我：「我們說他死了你還不相信！傻傻的追什麼呢？」我委屈又難過，我不想讓爸爸走，又和那些人講不清，只有繼續大哭，直到哭著醒來。胸口很悶，似乎沒哭痛快，仍想繼續放聲哭下去：「爸爸，你別走啊！」

過了一夜，仍然想哭，忍不住打電話給媽媽，媽媽還在老家，她堅持要等到爸爸去世百天以後再考慮來北京和我一起生活。

「媽……」只叫了聲媽媽，就再也說不下去。我的聲音像是初學小提琴時拉錯的音符。

「怎麼了？出什麼事了？」電話那頭，媽媽被我的聲音嚇著了，焦急地問。

「媽……我夢見爸了，我讓他別走，可他不聽我的，我抓不住他，我想他，我難受。」我哭著對媽媽說，就像小時候受了委屈可以哭著躲進媽媽的懷裡。

「孩子，你別這樣，媽受不了。」媽媽的聲音也變了，哭得比我還厲害。

還有滿肚子的委屈沒有發洩完，卻不敢讓媽媽太傷心：「媽，我不哭了，你也別哭了，我們都不哭了。你最近怎麼樣？」

「媽挺好，你也要好好的。」我分不清媽媽的聲音是因為遙遠而蒼白，還是因為蒼白而遙遠。

那樣一個普通的清晨，周遭每個人都行色匆匆，只有我和媽媽隔著電話語不成句，沒人注意到我眼角的淚。其實，注意到又能如何？何止路人，媽媽也幫不了我，我更幫不了媽媽，所有的安慰都於事無補，沒人能代替我們疼痛，這個家的每個人只能獨自承受屬於自己的痛苦。就像有時我看到妹妹在QQ空間為爸爸寫的日記，我知道她也想爸爸，但我們之間從不談論這些。

我的姥爺活著時說過一句話：「活人想死人，好比傻狗攆飛禽。」老家的話裡，「攆」

有追趕的意思。追趕飛禽的狗一定是傻狗，可你就是忍不住惦念那個離去的人，那就難免因為犯傻氣而疼痛。

那段日子，我每天都很忙碌，就像追趕飛禽的傻狗。

工作之外的時間，我為爸爸誦經。《地藏經》上說親人去世四十九天之內為他們誦四十九部經書，對他們有好處。操辦爸爸的後事，以及後來那些個祭日裡往返老家的路途，已經耗去我很多時間，每誦一部書需要一小時左右，距離爸爸去後四十九天的期限越來越近，我只能抓緊時間，每天兩三部地誦，才可能完成任務。我把書裝在上班背包裡，走出家門就掏出來，在上下班的路上邊走邊誦，鼻子裡呼吸著濃重的汽車廢氣，頭上是明晃晃的太陽，有時甚至險些撞到路邊的隔離樁。每晚給然然洗過澡，我邊拍她睡覺邊誦，昏暗的床頭燈光下，經文成了然然的搖籃曲。在回家為爸爸過三七、五七的火車上，周遭滿是開水泡麵混雜著汗臭的味道，火車晃晃悠悠，時而呼嘯著經過山洞，我安靜地在臥鋪車廂的邊座上旁若無人地誦，直到車廂內熄了燈。

我又去寺廟裡請僧人幫爸爸做超度。那是個週末的黃昏，修在半山腰的古寺廟門窄小，裡面卻別有洞天，古樹茂密，流水潺潺。傍晚時分，遊人漸少卻並不冷清，很多僧侶和居士進進出出，人群安靜而有序，相互見面時會微笑著用「阿彌陀佛」打招呼。然然不知我為何要帶她來這裡，卻也開心自在，只顧和寺中悠然出入的野貓玩耍，而我，只想知道即將到來的儀式，是否真的有益於另一個世界的爸爸——假如真的有另一個世界的話。

有居士安排我這樣臨時有需求的人辦理手續。按照要求，我也穿上了叫作海青的長袍，跟在一群人身後，來到新修建好的大殿中。晚課很快開始了，滿滿一殿的僧人在齊聲誦經，我聽不懂經文，卻覺得那聲音平和動人而安心。大殿正中的佛像前煙霧繚繞，緩緩升騰。我在一名僧人的指引下，隨同其他為親人超度的人們一起，燃香叩拜，雖然此前我一直是堅定的無神論者，但那一刻，按照剛剛學會的姿勢，在每一個跪拜後，頭頂觸碰到軟軟的蒲團、雙手向上做出如捧佛足的動作時，我真的希望天上有神明，自己的心願能讓他們聽到，讓他們保佑爸爸在另一個世界裡不會受苦，讓爸爸看到我對他的愛。

我從沒像那段時間如此狂熱地對宗教感興趣，有生以來第一次強烈地希望，無論是基督教裡的天堂，還是佛教裡的西方極樂世界，都是真實存在的，而爸爸就在其中的某個地方，逍遙自在地「活」著。

我買來藏傳佛教講中陰身的書，甚至是獵魂者與通靈者的書，企圖找到答案：與我們分別的爸爸，還在另一個世界好好地「活」著，沒有疾病，快樂開心，並且仍然愛著尚在人世的我們。可是，無論我做了多少，還是不能確定是否真有另一個世界，因為我看不到。我一邊貌似虔誠地做著一切，一邊又心存疑惑且不滿足：做這些真的有用嗎？爸爸到底在哪？我做的一切他知道嗎？他到底好不好？怎樣才能再見到他，和他說說話？

沒有人能告訴我答案。北京城裡熙熙攘攘，到處都是匆忙的腳步；火車從北京開往塞外，又開回來。一個個祭日，我一次次回鄉，又一次次回來。原野上，或是暮色蒼茫，或是晨曦微露，北方的群山蒼涼靜默，昏黃的大地上只有無聲的風悄然掠過，沒有人能告訴我，我的爸爸到底去了哪。如果真有另一個世界，他在那裡到底好不好？這樣的傻問題永遠沒有答案，努力為爸爸做著一切，竟然像追趕飛禽的傻狗。一想到這裡，我便感到既惱怒又無奈，還有深深的委屈，為什麼別人的爸爸都好好的活著，而我的就不行？

思念到底什麼樣

因思念爸爸而帶來的疼痛持續了一段時間，我以為我會一直那樣思念下去，然而，當我可以喘口氣的時候又感到疑惑。事實是，爸爸不在了，生活還在。暫時居住的新家，沒有一點爸爸的影子，更多時候，我照常上下班、陪然然玩耍、吃飯、睡覺，除了不太會笑之外，我和之前似乎沒什麼不同。如果仔細分辨，還會發現思念只是眾多情緒中的一種，思念的表象之下，還湧動著恐懼、逃避、解脫，甚至背離與對立。

媽媽在那年的國慶日前終於來到北京，和我一起生活。媽媽總說：「你們不知道我這幾個月怎麼過來的！就我一個人，整宿整宿開著燈。鄰居姚大娘倒是好，每天晚上到家陪我說說話，可說得再晚人家也要回去，最後還是我一個人睡。有時我就大把大把的吃安眠藥，希望自己能夠倒頭就睡。」

我懂媽媽說的意思，她害怕一個人在家，不只是孤獨，更多的是巨大的恐懼。這恐懼在很多時候甚至超越思念，每個祭日我回去的時候都感受得到。家裡的變化不僅是缺少了一個親人那樣簡單，或許是因為沒人知道死後的世界什麼樣，而人又往往對未知的一切產生無名恐懼，所以很多時候，死亡給人的感覺是陰森、寒冷，即使是夏天，走進那個曾經熱鬧的家，還是會沒來由地渾身發冷，心裡發緊。爸爸不在了，但似乎無處不在，散發著冰冷的氣息，在暗處窺視著我們。爸爸走時躺著的那張床，我再也不敢輕易坐上去，就好像爸爸還躺在那上面，我一不小心就會碰到他，進而觸怒他。而觸怒他，到底會怎樣？我不知道。我不敢深想，只感到害怕。白天還好，到晚上天完全黑下來以後，昏暗的燈光下，傢俱都帶出了影子，沒有開燈的廚房和爸爸的房間更是漆黑一片，讓人忍不住害怕那黑暗之中暗藏些什麼。躺在床上，有時會出現幻聽，彷彿是爸爸趿拉著鞋走路的聲音，緊緊地閉上眼睛不敢深呼吸，竟會感到那聲音好像一步步走到床邊，在自己的頭頂處停下。巨大的黑暗壓得人喘不過氣，讓人忍不住瑟縮，擔心一不小心睜開眼睛就會看到青面獠牙的魔鬼。

媽媽一個人在那樣的房間裡，住了四個來月，她的話讓我心疼卻又無奈。多麼奇怪，白日思念，夜晚恐懼。曾經那麼親近的人，內心裡本該那麼想念的人，卻同時讓我們沒有道理的懼怕。忍不住困惑：思念到底什麼樣？思念一個去世的至親，又是什麼樣？所謂生離死別，死別和生離，到底哪一個更讓人思念？若是生離，尚能知道思念的人在哪兒，死別呢？對死者的思念無著無落，死了真的就什麼都沒有了？為什麼死別會沒有一絲溫度，甚至讓人莫名恐懼？

大概是因為人都有自我療癒的本能，思念太疼，恐懼太怕，所以學會了逃避。有時我會刻意讓自己不去想，假裝一切都沒發生，就好像爸爸還在老家。從大學開始，不是一直都這樣嗎？我在外地，爸媽在老家。只要我打電話過去，那邊就會回應一個渾厚低沉的「喂？」或者，無論我何時回老家，只要下了火車，出站口人群背後一定遠遠站著篤定地等著我的爸爸。那些不打電話，沒回老家的時候，我不都是在沒有爸爸的日子裡過嗎？所以，我只要不打電話、不回老家，一切就不會有什麼不同。

即使明知不是如此，我也會刻意逃避。有時看到新聞，第一反應或許是，這事回家可以和爸爸聊聊，就像日本福岡地震這種重大事件，爸爸若在世，他一定每天打開電視看最新報導，當我從網路獲得一些不知真假的小道消息時，我本能地想，這事得告訴爸爸。可一想到，疼痛就會瞬間襲上心頭，我馬上意識到爸爸已經不在了。那種疼就像當手被火燒到，會本能地想要縮回來，我會條件反射般立刻不去深想，然後自言自語替爸爸說出他的看法，我知道他一定會那樣說。電視上越來越多戰爭題材的電視劇，爸爸一定特別愛看，可每看到電視螢幕出現那樣的劇目，我都會立刻換臺，不給自己任何思考的時間。

我不要做攆飛禽的傻狗，我不讓自己難過。

有一次收拾換季衣服，我發現有個大包裹是搬家時帶過來的，之前總是忘記整理，順手打開，裡面居然是一件爸爸穿過的羽絨服，還沒來得及清洗。打開的瞬間，光線折射的塵埃之中，一股熟悉的味道撲面而來：爸爸回來了！那千真萬確是爸爸的味道！我抱著羽絨服不知所措，想哭，顫抖的雙手卻不由控制地把衣服慌亂而又快速地包了起來，像扔掉一顆隨時會爆炸的炸彈，我將它推得遠遠的。

特別清醒的時候，我會用理智的方式「安慰」自己。爸爸的病是進展性腦血栓，兩年多的時間裡，他的腦頂葉、顳葉、枕葉都出現了不同程度的栓塞，到了後期，不僅一側身體不能動彈、表情呆滯、言語不清、生活無法完全自理，而且伴著腦部受損日益嚴重，爸爸的性格也隨之大變，不僅容易暴怒，而且自私狹隘，常常幻想出現「喜來樂」似的神醫來拯救他，各種療法都能輕而易舉地打動他。

社區裡有一家私人診所可以針灸，每次五十元，但要爬上狹窄陡峭的樓梯上到二樓。爸爸堅持要去，媽媽、我、妹妹就要輪流陪著他去，爸爸很胖而樓梯很窄，很難同時容下爸爸和攙扶他的人，所以每次無論我們誰陪他去，都在他前後，小心地攙扶著他。往往上到二樓，我們的衣服都被汗打濕了。這樣的針灸每天一次，我不單心疼金錢和時間，更擔心哪次稍有不慎，爸爸會從二樓的樓梯滾落下來，當我看到那醫生的白大褂上油漬斑斑，用過的銀針也跡象可疑，不知有沒有認真消毒，就更加擔心這樣的醫治不僅無效而且有害。但當時爸爸已經聽不進去了，我絞盡腦汁想讓爸爸放棄，但只要一提起不再針灸，爸爸就會說他覺得有效果，我們不給他治就是怕花錢，甚至為此大罵我們。我幻想出很多方案以結束爸爸的針灸過程，比如找幾個身強力壯的男性朋友去威脅醫生，要求他不許再給爸爸看病，或者我私下去找這個醫生，遞點紅包，讓他體諒我們的難處·編個理由讓爸爸別再繼續治療，甚至，我還想實在不行，就向有關部門舉報這裡無照行醫，只要有人來查，無論結果如何，我都可以拿這個來告訴爸爸，這家診所不可靠……

不過，我什麼也沒有做。後來打聽到離家不遠的一家正規社區醫院可以針灸，才把爸爸的注意力從私人診所轉移到了那裡。雖然仍舊需要我們花費時間陪他去，但好在安全性提高了，費用也有所降低。

爸爸在老家試用過樓下小店裡的磁療被，堅持說那個被子可以治好他的病。來北京後，他一遍遍催促我快去給他買回來。原本我也想，如果買來對他是個心理上的安慰，那也未嘗不可。可是打聽價錢之後，卻讓我倒吸一口冷氣：一床磁療被，居然要上萬元！和爸爸說了不知多少遍，這東西就是騙人的，爸爸才強壓下不滿，但是當他想起來的時候，還是會說我們不孝順，不肯為他花錢。這事剛剛壓下去不久，爸爸又要我給他買手機。他點名要當時最新款、可手寫的翻蓋手機，那手機不僅價格昂貴，而且手寫功能對他來說，幾乎毫無用處，病後的爸爸除了偶爾與姑姑們通電話，幾乎不和別人聯繫，也不會收發簡訊，這種手機對他來說有什麼意義呢？何況爸爸當時還有一部性能不錯的手機足夠他日常使用。每次爸爸提出類似的要求時，對我和家人都是不小的折磨。

明知這樣的花銷毫無用處，卻不知要費多大力氣才能打消他的念頭。

爸爸的生活不能完全自理，吃飯穿衣主要依靠媽媽，視力、聽力都有所下降，過敏性鼻炎也日漸嚴重起來。最重要的是，他開始流露出老年癡呆的跡象，他不停地打噴嚏，鼻涕和口水噴得到處都是，甚至偶爾會在家裡的地板上吐痰。吃飯時，他端不起碗，只能低頭伸著舌頭搆碗裡的飯，卻常常把飯粒灑得桌上、桌下、椅子上到處都是。他卻一定要把每個飯粒再撿起來放到嘴裡，不讓他撿都不行。

爸爸在家裡說一不二，稍不如意，輕則衝人瞪眼睛，重則開口大罵。媽媽從早到晚服侍他，給他穿衣、餵藥，帶他去針灸、按摩，為他鋪床、泡腳，常會遭到他無名火下的謾罵，說媽媽幫他穿好的衣服，不是袖子不整齊，就是褲子提得不夠高；鋪好的被子不是寬了就是窄了；泡腳的水不是熱了就是涼了……

曾經有段時間，每晚我和媽媽在社區裡散步，媽媽都會委屈又抱怨地和我說：「他快把我磨死了！他再不死，我就快死在他前頭了！我現在一點都不在乎他，他死了我也不會想他！」社區裡，有很多與媽媽年紀相仿的老人在照看孫輩。有一天，我和媽媽散步，前面是一個蹣跚學步的小寶寶，她的身後站著時刻做好保護準備的奶奶，爺爺在不遠的前面伸開雙臂迎接著：「寶貝，來，到爺爺這來，慢點，哎，慢點！」兩位老人緊張又快樂。看著他們，我對媽媽感慨：「要是爸爸沒有病該多好，你們也可以像他們一樣，一起帶著然然，高高興興的。」「那還用說！」媽媽的回話後跟著深深的歎息。

只要想到爸爸再也不會恢復從前的模樣，以及媽媽當時說的話，我就會狠心地想，他走了也好。對他自己，對媽媽，甚至對我和妹妹、我們全家，都未嘗不是一個解脫。每當這時，思念就會又減少一分。

然而，就在我以為自己其實並沒那麼想爸爸的時候，偏偏又有一些突如其來的場景，會在毫無防備下輕易地觸痛我，心突然就像被掏空了一塊，又像被小刀銳利地割開一道口子，那種疼痛讓人猝不及防，無處可逃。如果說日子像一條寧靜的河，默默隨著時間流淌，最初的思念、憂傷、恐懼，甚至如釋重負都會漸趨和緩，深入水底，但在看似平靜的水面之下，偶爾還是會遇到突起的石頭，突然硌疼了流水，帶來一陣波動。或許，思念不過只是不請自來的痛？

某天下班回家的路上，我獨自開車，周圍照例是黑壓壓的擁擠車流，焦躁的喇叭聲挑戰著耳膜，路燈漸次亮起，兩側的賣場和酒店也已開始了燈紅酒綠的喧囂，我在十字路口的紅燈亮起時把車停在斑馬線後，步履匆匆的人們在我眼前洶湧而過。

鬼使神差一般，像之前爸爸常常坐在副駕駛位置上那樣，我拍拍旁邊的座位，輕輕叫了一聲：「爸。」我很想和爸爸說點什麼，但旁邊空蕩蕩的，沒有回音。心裡明白，一切都回不去了，然而嘴上卻停不下來，我又連連說了幾聲：「爸，爸，爸呀」，聲音越來越大，直至喊出：「爸，我想你！」這句話一出口，就像有雙大手把我胸口堵塞已久的水泥塊、枯草葉、爛樹枝順著食道拽出了喉嚨，情緒在瞬間傾瀉。綠燈亮起，我用最後一點理智把車子停到路邊，說不清道不明的那些東西堵得太難受了，我放任自己痛痛快快地哭了一場，直到終於哭累了，我直起身子，看著自己狼狽的模樣忍不住苦笑：是電影看多了，某些橋段會融進潛意識嗎？怎麼這樣俗套的情節會發生在自己身上？真丟人啊！可是想到這裡，我不由想罵人：是誰把這麼爛的劇情、這麼苦的角色強加在我頭上？而且這場戲到底什麼時候才算完？這個爛編劇到底是誰，活生生把我爸爸的戲份刪除了？！

爸爸走後的父親節前夕，一個上午，我在辦公桌前埋頭工作，QQ上的好友頭像突然閃動起來，在雜誌社做編輯的老友試探性地向我約稿：「能不能寫一些回憶父親的文字？或者寫寫父親去後你是如何安慰母親，陪伴母親一起走出失去親人的痛苦的？」

「什——麼——？」

我突然看不懂螢幕上的字，甚至感覺自己的呼吸都停止了，我被這問話搞懵糊塗了：回憶父親？父親去後？這普通的幾個字，我怎麼覺得扎得眼睛生疼！一連串的問號爭先恐後地從腦子裡蹦出來，讓我理不清思路，處在慌亂之中：我的爸爸？今後提起爸爸，都只能是回憶了嗎？我爸爸不是應

該在老家嗎？哦，爸爸不在了！可既然爸爸不在了，那父親節和我有什麼關係？和爸爸在一起幾十年，從哪裡開始回憶？又該回憶些什麼？回憶除了提醒我他真的不在了，還有什麼意義？陪伴媽媽走出來？走出來該是什麼樣？我自己已經走出來了嗎？

朋友的聊天對話方塊一直打開著，我的手在鍵盤上舉棋不定，它們不受控制地發抖，打字竟然變得異常艱難。不知過了多久，我嘗試著深呼吸，然後才終於敲下一行字：抱歉，我寫不出來。我真的不知該怎麼寫。

真的很抱歉，這是第一次拒絕老友的約稿。

又過了半年，元旦前有同事請客，先是吃大餐，然後又去唱歌，一路說說笑笑。有

人說卡拉ＯＫ最能暴露年齡。八十後男孩唱的有些歌我聽都沒聽過，好在還有六十後的同事墊底，我邊喝啤酒邊聽他們唱，用手指輕敲茶几給他們打節奏。越來越多熟悉的歌傳出來，許多青春年少時抄在日記本裡的歌詞，從同事們的口中唱了出來，懷舊的情緒開始湧動，只有我沒有唱，面前的空酒瓶卻越堆越多。人們開始起哄，要我獻歌一首。

也許是酒精起了作用，也許是眾人火熱的氛圍，讓我感到有些悲傷和孤單，心裡湧起陣陣衝動，真的很想唱一首暢快淋漓的歌。

「我給大家唱首內蒙民歌吧！」拿起麥克風，我竟說出這麼一句話。

「我給大家唱一首《草原上升起不落的太陽》吧，這是爸爸愛唱的歌，我也是跟他學的，爸爸已經走了一年多，我把這首歌獻給他。」就像有人在前面牽著線，我的嘴巴竟然不聽使喚，自作主張說出了這些話來。歌廳裡原本喧鬧的聲音，瞬間靜默下來，每個朋友都認真地看著我，等著我的歌唱。

「藍藍的天上白雲飄，白雲下面馬兒跑，揮動鞭兒響四方，百鳥兒齊飛翔……」我的嗓子很適合唱這樣的歌，第一句歌詞唱出來，朋友們開始為我叫好。我卻突然不知身在何處，好像小時候坐在爸爸自行車的後座上，在鄉間小路上迎風前行，能感受到風的溫度，能聞到草的芳香，最重要的是，能聽到爸爸輕聲的哼唱。那一刻我是如此思念爸爸，想他唱這首歌時的語調、神態……我的聲音突然變得顫抖，我唱不下去了。我攥著麥克風，傻傻地站在那，然後泣不成聲。朋友站起來，輕拍我的肩。這個動作卻加重我心中的委屈。我拼命克制，不讓自己發出聲音，用力呼氣，卻還是有一個聲音，如同一隻壓抑已久的小獸，從胸腔深處低沉地哀嚎出一聲小小的，卻長長的聲音「呵。」一，就好像要把胸裡所有氣息耗盡一般，拼了全力，我哭出這個音，然後直到沒辦法呼吸。不知道是不是只有這樣，才能像擰乾洗過衣服的水那樣，把心裡的苦味全擠出來。

我一邊逃避著不讓自己想爸爸，一邊又控制不住在某些場合觸動心底最深的疼。很難受，但是能怎麼辦？思念是徒勞的。人死不能復生，況且即使爸爸活著，也早已不是生病前的他了。

就算真有另外一個世界，這思念，也沒有用。就像當時在龍泉寺為爸爸做超度前，有個不認識的人曾問寺廟裡的僧侶，我們為亡者超度，他們在那邊會知道嗎？這也正是我想問而沒敢問的問題。爸爸會知道吧？他這回總算能知道我有多愛他了吧？他一定會愛我了吧？可是，令我失望的是，僧侶很肯定地回答：不會，你們做什麼他們都不知道。

爸爸去哪了，我不知道。我想爸爸，爸爸也不知道。

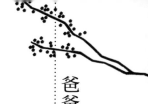

爸爸不在了，家就沒了

爸爸在北京生活了一年，一年前在老家時還好好的，一年後回老家，不到一個月就走了，老家的親人們難以接受，尤其是幾個姑姑，她們總覺得我和媽媽沒有盡到責任，我不忍心在媽媽的傷口上撒鹽，這些不滿我都默默地承受了。直到葬禮結束後，最小的姑姑再次抱怨她的不滿，我終於忍受不住，滿眼含淚地跑回了家。

媽媽見我神情不對，一再問我到底發生了什麼事。我的委屈再也兜不住了，我身體發抖沒頭沒腦地說著：「她們太欺負人了！她們說得不對，不是那麼回事。誰會盼著我爸死呢，那是我的親爸！我都已經沒有爸了，她們怎麼還能說出那樣的話。」我一邊說著，一邊渾身發冷，身體抖得越來越厲害，臉開始發麻，兩隻手也開始緊張地攥到了一起，整個人站也站不住。媽媽心疼地摟住了我：「孩子，你怎麼氣成這樣啊，別管別人說什麼。」

妹妹說起話來一向比較衝，見我這樣，大概明白了七八分：「我知道了，一定又是那幾個姑姑為難你吧，別理她們！」正說著，我的手機響了，來電顯示是剛才那個姑姑的號碼。妹妹搶過去聽：「喂？找我姐啊？什麼事？和我說吧，我姐現在接不了電話，被有些人氣得心臟病發作了！沒什麼事？沒什麼事我掛了！」妹妹說完乾脆利索地掛斷了電話。

我這時也平靜了一些，斷斷續續說著姑姑們在爸爸去後這段時間對我發洩的不滿：「當初第一次住院時，為什麼不去住高級病房？你們就是捨不得花錢！病還沒治好為什麼就出院？第二次生病為什麼不再去住院？一年前，你爸走的時候還好好的，為什麼一回來就病成這樣？如果在北京就病重，為什麼不在北京治病偏要回來？北京的醫療條件要比老家好多少倍？」

我轉述的這些內容，讓媽媽和妹妹也覺得又氣又委屈：「為什麼不去高級病房？當時高級病房根本就沒有空床位！再說了，住高級病房和普通病房對看病有什麼區別嗎？住高級病房就能治好病？」「第一次出院，是醫生要求的，人家已經不給治了，他天天喊叫著要出院，不出院怎麼辦？」「第二次生病去醫院，也許在路上就咽氣了！這一年發生了什麼？我們給他吃毒藥了，我們虐待他了，我們親手害死他了！北京的醫療條件好，這誰都知道，關鍵是人家得給你治啊！連號都掛不上，住院也不收，怎麼治？她們說得那麼輕巧！」媽媽邊說邊嗚嗚地哭了起來。

我們娘仨正委屈、氣憤，哭成一團的時候，門外傳來了猛烈的敲門聲。因為妹妹剛才在電話裡對那個姑姑出言不敬，四個姑姑全找上門來，氣勢洶洶，一副要吵架的模樣。

三姑率先開口：「怎麼著？我哥得的那是要人命的病嗎？怎麼就死了，你們給解釋解釋！」

二姑抱著肩膀，一言不發。

大姑打圓場：「行了，行了，都少說兩句。」

四姑火氣最大，妹妹就是掛了她的電話，所以她直接衝著妹妹來：「小兔崽子，你出息了呀，掛我的電話！」

妹妹毫無畏懼地和她對峙著：「是，怎麼著吧？欺負我姐就不行！」

媽媽氣得到了另外一個房間，關上了門，一個人痛哭：「老李啊，你走了不管我們了，我們倆三十多年的感情，讓人家這麼冤枉，你倒是說句公道話啊！」

三姑在門外接過媽媽的話尾：「三十年，三十年你也沒安好心！」

這句話徹底惹怒了我和妹妹：「你胡說！你怎麼可以這麼說我媽媽！天地良心，全天底下都找不出第二個比我媽對我爸更好的人了！」

妹妹氣急了，攆她們四個出去：「行了，行了，這是我們的家，你們都出去。這個家不歡迎你們！我爸爸走了，別人多勢眾來欺負我們孤兒寡母的！」

在家裡說一不二的四姑第一次被人挑戰她的權威，氣到差點要掀桌子，她捶胸頓足，拍著自己大腿，號啕大哭：「小哥呀！這就是你養的好姑娘，這麼和我說話呀！小哥啊，你走得太急了！」痛哭似乎還不足以宣洩她心中的憤怒，她突然跪倒在妹妹面前，磕起響頭來：「你行，你厲害，我給你磕頭行不行？」她的頭上瞬間鼓起了大包，家裡一片混亂。

一直沒有說話的二姑拉起她，拽著三姑、大姑往外走：「走吧，人家都說咱們欺負孤兒寡母了，還在這裡做什麼！」

四個人氣呼呼地離開了。家裡一片狼藉，只剩下我們三個人繼續哭泣。

突然想起剛工作那年，過年回家，四姑因為我的工作單位名頭響亮，非要我去參加她的同學會。我一百二十個不願意去，她的同學，我一個都不認識，要我去做什麼呢？四姑不同意，堅決拉我去。果然，去了之後，我完全不知道該和他們說什麼，舉手投足都顯得十分木訥。原本想好好顯擺一下的姑姑，反倒跌了份兒，在餐桌上不斷數落我：「這孩子，怎麼回事？連句像樣的話也不會說。哎！太差了，你怎麼那麼木啊！你到底行不行啊？這哪像在北京大單位工作的人啊，真不知道你平時在單位都怎麼工作的！」當著那麼多的人，我簡直快委屈死了，明明是你非要我來參加，卻又在眾人面前盡情奚落我？我強忍著眼淚，堅持到飯局結束，用最快的速度回到家。到家後，我對爸媽細說四姑的舉動，當時爸爸氣得大發脾氣：「什麼玩意！讓我閨女受這個氣！憑什麼啊，她讓去就去，去了還這樣對待你！真不像話！」爸爸的怒吼給了我很大安慰，有爸爸在，再大的委屈也有人替我出頭。

可這次呢？爸爸不在了，再也沒有人能替我們出頭了。媽媽也邊哭邊說：「要是你爸爸還在，她們誰也不能這樣來咱們家鬧啊！」

這件事情之後，我們和姑姑們幾乎都發了狠話要斷交。

可冷靜下來之後，畢竟還是血濃於水。我總覺得這事是因我而起，如果我再忍一忍，不對媽媽和妹妹說那些委屈，事情也不至於如此。姑姑們大概也是因為一時難以接受爸爸突然去世的打擊，情緒無法宣洩，才對我們有這麼大的意見。說到底都是因為愛爸爸吧。

我時常想起童年，我們和奶奶一起生活的那個小院，姑姑們時常回來，有的幫我紮小辮、修頭髮，有的幫我洗臉、剪指甲，如果爸爸還在，他也不希望看到這樣的景象吧。

後來在我回北京之前，又偷偷去見過四姑。四姑說，只有妹妹正式向她道歉，這件事情才算結束。可妹妹並不覺得自己做錯什麼，堅決不肯道歉，雙方僵持不下。

我回北京後，有天接到四姑的電話。原來是妹妹和她又起了衝突，她氣不過，找我發洩。當時正是雨天，我的心情因此轉壞，我處理不了這複雜的關係，勸解不了妹妹，也說服不了姑姑，不希望一家人最終因為爸爸的離去變成這樣，又無法讓姑姑們理解我們的難處和痛苦。停下車，我一個人悶聲坐在車裡：「爸，你怎麼給我留下這麼亂的攤子？我收拾不了了，你快教教我，到底應該怎麼辦？」可是，我一個人自言自語再多也沒有回應。望著車窗上滑落的雨滴，我想，沒有爸爸了，家也就沒有了吧？

可能因為從小每個寒暑假都要回姥姥家的緣故，長大後，始終覺得姥姥家就像我的精神家園，一想到那裡，心情就像冬天躺在窗前的大炕上曬太陽，滿滿都是陽光。所以，我理所當然地認為，然然也可以和我一樣，每年回姥姥家，等她長大後，那裡也會成為承載她童年美好記憶的地方，可以讓她汲取養分，因為我相信我的父母一定會非常疼愛她。沒想到，然然沒有這樣的福氣。而我，寒來暑往，每個假期，都註定沒有娘家可歸。

在北京這個移民城市，同事間習慣詢問彼此的老家，每個大小長假前，彼此間見面最常說的就是：「假期回老家嗎？」之前我都是興致勃勃地回答：「是呀，今晚就走！」可爸爸走後，我又能回哪兒呢？有一次，我夢囈般喃喃地對要好的朋友說：「不回了，爸爸不在，家就沒了。」朋友不解：「哦，老家的房子賣了？」我搖搖頭，我和他說的不是一回事。媽媽在我這，老家的房子還在，但是爸爸不在，曾經的家就只是一座房子，再也不是家了。

爸爸走後的第一個冬天，快過年了，只要想到我們全家人都在北京，只有爸爸一個人躺在老家冰冷的土地下，就感到心疼。想他，很想。可是我不敢和媽媽說，怕勾起她的眼淚。那幾天，我幾乎每晚都夢到爸爸，夢裡的爸爸年輕又充滿活力，爸爸還像我小時候那樣騎著自行車，我坐在橫樑上，爸爸的下頜輕輕抵著我的頭，輕快地吹著口哨：「花兒香，鳥兒鳴，春風惹人醉，歡歌笑語伴著彩雲飛……」醒來後，我常常一個人發呆，爸爸一直以為自己可以活到八十歲以上，因為爺爺奶奶都長壽。爸爸常說，爺爺活到八十二，奶奶活到八十四，他取個平均值，活到八十三就行了。爸爸一直以為可以有機會帶媽媽去旅遊，總覺得還有很多時間可以和我們在一起。我也一直這樣以為。可是，爸爸還不到六十歲就走了。每個清晨起來，我都會劇烈的咳嗽，一如爸爸當年的聲音。然然有時會吐吐舌頭，神情像極了爸爸。

我如此想念爸爸。

終於，那年年底的某一個週末，我和老公踏上了開往老家的列車。冬日的東北小城，零下二十幾度的氣溫，凍得臉疼。出站口外，再也沒有篤定地等待我的人了。然而北風呼嘯，不給人感傷的機會，我們直奔墓地。

然而，待我真切地站在墓碑前，四周除了一片寂靜沉默的碑林，什麼都沒有。極冷的空氣裡，連紙錢都很難點燃。想起親眼看見的下葬情景，我清楚地知道，縱使我的手能夠觸碰到土地之下，那也只是一些青灰啊。

匆匆地「看」了爸爸，又匆匆地回到北京，公婆已經趕到北京和我們一起過春節，媽媽則去了妹妹家。很多時候，我和婆婆在廚房裡忙碌，表面上我們邊做邊聊，相談甚歡，各式各樣的飯菜，熱騰騰的擺上餐桌，屋子裡然然開心地和爺爺做著遊戲，滿地玩具，祖孫倆跑來跑去……可我心裡澀澀的，我沒有一點心思看春晚，所有的喜慶在我看來都那麼刺眼。從小到大，爸爸給我的壓歲錢，我還完整地保留著，爸爸卻不在了。直到這一刻，我才真切地感受到，爸爸在，無論我多大年紀，都可以覺得自己還是孩子；爸爸不在了，我只能是別人的兒媳。上有老下有小，在這個屬於我自己的家中，還能指望誰來寵愛我呢？

突然想到多年前爸爸抱著被子蒙頭大睡的除夕，他暴躁地關掉電視，留我自己悄悄哭泣的情景，我突然明白了——那正是爺爺去世的年份，爸爸的心裡一定如我此時這麼苦不堪言。

過完年，送走公婆，從車站回家的路上，想起那年和爸爸初來北京看到天安門的情景，我喃喃自語：「爸爸不在了，我就沒有家了。」老公一時沒反應過來，我的眼淚卻流個不停。

怎麼辦呢，就算是這麼一個自私、懦弱、虛榮，而又不那麼愛我的爸爸，我還是會

不自覺地替他辯護，以他為驕傲，抓住

他的優點不斷擴大，尋找最細微的他愛我的痕跡。有時難免苦笑：分明像是單相思，愛上一個不那麼優秀並且壓根不愛你的人，卻死活不願意分手，可是，生為父女，又如何分得了手？即便死亡來將你們分開，你還是會無條件地愛他，並且，滿懷期待，等著他終將愛你的那天。

也許爸爸真的回來過

老家的習俗說，人去世第七天後的晚上，靈魂會順著煙囪爬進屋裡回家看看，所以家人要在餐桌上擺好往生者生前愛吃的食物，在窗臺和門檻外灑一些草灰，並放上一碗水，據說靈魂來喝水時，會有腳印留在草灰上。最重要的，是在煙囪底擺上木稈紮的小梯子，供靈魂「攀爬」，旁邊再放上貢品、燃上香燭來迎接靈魂，這是「頭七」的儀式。

爸爸頭七那晚，天徹底黑了以後，我和妹妹在餐桌上擺好爸爸愛吃的飯菜，餐桌靠牆的位置放著爸爸的遺像，

據說這樣爸爸的靈魂回來後，才會知道自己已經死了。我們又在規定的位置灑好草灰、放好了水，然後拿著貢品、香燭、早就紮好的「梯子」來到樓下。舅舅在外面等待我們。住宅樓的煙囪不知在什麼位置，我們大致找到一樓某戶人家的廚房外，怕人家發

現了反感，所以稍稍向西挪了挪。我找出一塊平整的地方，鋪上報紙，放好貢品，然後把香點燃。

想了想，我又點燃了兩根香煙，放在旁邊。爸爸年輕時原本不抽煙，後來因為工作時接觸的人越來越多，他說別人老敬他煙，總是不接顯得不合時宜，慢慢地也就學會了，而且後來煙癮很大。他生病以後，我們嚴格限制他的煙酒，有次媽媽還是從窗簾後面搜出一包煙來，證明爸爸在行動不便時還曾一個人偷偷買過煙。現在終於好了，沒有人再限制他抽煙了，這麼想著，心裡忽然又很難過。

一切都擺好以後，好像也沒有更多的事情可做，只需靜靜等待那三炷香燃完，儀式就結束了。媽媽在天黑之前就已經去了阿姨家，儀式結束後，我們也要到親戚家去住，因為據說靈魂回家的時候如果看到家人，就會產生依戀，這樣對亡者和家人都不好。這些從很久以前流傳下來的儀式，每個細節都充滿玄機，各種解釋活靈活現，彷彿只為讓人深信靈魂的歸來。我抬頭望向家裡的那扇窗，真希望自己擁有超能力，能看到歸來的爸爸。可是夜空深邃，除了城市裡灰濛濛的霧氣，以及若隱若現的幾顆寒星，什麼都看不到。四樓的玻璃一片沉靜，我想像著爸爸回到空無一人的家中，看著桌上自己的照片，他還有心思吃飯菜嗎？那酒，還合口嗎？他會每個房間都轉一轉尋找我們嗎？

「冷嗎？」舅舅關心的問話打破了寧靜，儘管已是五月，塞外夜晚仍有涼意，我縮了一下脖子，輕輕地回答：「還好。」不知道爸爸現在還能感覺到冷熱嗎？我的視線從高處落到地上，樓下沒有路燈，黑漆漆的，偶而出現路人模糊的身影。擔心我和妹妹頭戴白色孝布的樣子會嚇到別人，我開始盼望早些結束這尷尬的儀式，呆呆地看著燃著的香炷上忽閃著的三個紅色小點。

這三炷香燃得異常緩慢，直到剩下一寸左右，紅色的小點，好像更加放慢了下降的腳步，輕柔地，不甘心地向下游走著……突然覺得那頻率像極了爸爸最後幾口長長的呼吸，一下，一下，一下，我的心沒來由的緊了起來：爸爸，也許真的回來了，香不願意那麼快燃盡，爸爸或許正在一步一回頭，他也捨不得走。不經意又看到旁邊我點燃的那兩根香煙，聽說點燃的煙如果不吸，很容易熄滅，可放在平地上的那兩根香煙，竟飛似的一大截一大截地燃燒著，難道真的是爸爸因為太久沒有嘗到煙的滋味，而貪婪地吸著？爸爸真的回來了？

這是個充滿玄機的夜晚，我願意相信，傳說中的一切是真的。爸爸真的回來看我們了。

過了頭七，媽媽來北京和我們住之後，還發生過一件事。

那天，我下班回家，媽媽抱著然然坐在沙發上，然然的小臉蛋通紅，半躺在媽媽懷裡，小腳丫一踢一踢的，嘴裡不停說著：「又來了，又來了，你走吧，你走吧！」

我被這一幕搞得摸不著頭腦，媽媽見我回來解釋說：「孩子下午還好好的，突然一側臉蛋發燒，人也沒精神，我看不像是生病。」

媽媽向來有點相信那些神神鬼鬼的事，聽她這麼一說，我心裡也明白了七八分，我問媽媽：「孩子這是說誰來了？又讓誰走呢？」

媽媽就像在說別人的事一樣，平靜而鎮定：「我猜八成是你爸回來看孩子了。」

我爸？我爸爸回來了？在哪兒？

我一步衝到媽媽面前，搶過然然，把她抱了起來，急切地問：「寶寶，你看到姥爺了？他在哪兒？」

孩子被我的舉動嚇著，本來安靜的她突然大哭起來，什麼也不肯說。我意識到自己冒失了，爸爸走的時候，然然才一歲半，哪裡還記得姥爺的樣子？不過是聽姥姥那麼說，她就跟著說說罷了。

我專心地哄然然：「然然不哭啊，然然乖，媽媽嚇著然然了，不怕啊，沒有姥爺，媽媽不說了。」

沒留意媽媽這時去了哪兒，過了一會，她突然在廚房叫我。我抱著然然來到廚房，櫥櫃檯面上放了一個飯碗，碗裡放滿了水，水中居然豎著立起了三根筷子。媽媽看我驚訝，解釋說：「我剛才覺得像是你爸回來了，我就立了個乩。我說，老李，要是你回來了，你就讓筷子立住。你看，立得好好的。」

一般而言，筷子很難在水中立住，何況是尖頭朝下。難道爸爸真的回來了？他在哪兒？我站在廚房門口看著和平常沒什麼兩樣的家，除了碗裡立著的筷子，看不到任何爸爸回來了的跡象。

媽媽突然抽出廚房案板旁邊的菜刀，板著臉，很凶地對著我和然然周圍的空氣說：「你快走吧，再不走我就拿刀砍你了！」

媽媽為什麼要這麼說？我被她的舉動驚得說不出話來，媽媽說，陰陽兩隔，他回來看看就行了，要是不肯走，對我們都不好。

可那是爸爸呀！

我讓媽媽放下菜刀，對著四周看了又看，我不知道爸爸到底在哪個方位，但如果他真的回來了，應該能看到我吧？

我輕輕地對著周遭的空氣說：「爸，要真是你回來了，我挺高興的。你看然然都這麼大了，她很健康也很聰明，還隱約記得你的樣子呢。媽媽現在和我在一起，我會照顧好她的，你就放心吧。」

說話一貫習慣看著對方雙眼的我，此次卻只能用游離、飄忽的眼神望向虛無，我找不到焦點，說出的話變得怪異又荒誕，就像幾片輕飄飄的雪花落進深不可測的湖水，又像聲波瞬間消解在巨大無邊的空洞裡，毫無蹤跡，全無回應。

沒等我回過神來，媽媽已猛然將門打開，像打發一個不速之客，甚至更像在轟趕一群雞鵝：走吧！走吧！趕快走！

看著空蕩蕩的房門，看著媽媽揮動著的手臂，我好像看見爸爸艱難地挪動腳步，邊走邊回頭，他是那麼不願意走，而他的背影又像浮在水裡的倒影，晃呀晃的，看不清，也說不明。

不知道為什麼，爸爸走了之後，我總能在街上看到酷似爸爸的人，有的是走路姿勢像，有的是樣貌像。有時在街上看到一個蹣跚的背影，我就特別想上前攙扶一下，像以前挽著爸爸的胳膊那樣。

爸爸生病後，左手的肌張力特別大，做復健的時候，訂製了一個手板，套在手上，爸爸走路時，那隻手就固定在堅硬的手板上，隨著走路的動作一甩一甩的。有一次，我在社區裡準備開車出去，突然遠遠看見大門外走進來一個人，身高胖瘦都和爸爸差不多，也戴著爸爸很愛戴的那種太陽帽，走路姿勢也是一甩一甩的，尤其是左手，竟然好像也戴了一個手板。雖然明知不可能是爸爸，我還是捨不得馬上離開，就那樣站在車門前，看著那個人，慢慢地走著，拐彎，被路邊的灌木叢擋住，再走出灌木叢，一步一步地向前，我看得發呆，直到突然發現那人前面有一隻繫著繩子的小狗，而狗繩的另一端顯然就在這個人手中，我才恍然大悟，苦笑著坐上了車。

又有一次，我和媽媽繞著社區散步聊天，談到爸爸，一路上說個不停。我們繞了兩三圈，等到準備往家走，剛進社區，就見前面有個人，戴著白色太陽帽，穿著藍色襯衫，在我們前面緩緩地走著，完全是爸爸生病前的樣子。我心裡一驚：這人怎麼這麼像爸爸？剛剛還在聊他啊。我怕媽媽觸景生情，故意裝作沒看見，不說一句話。媽媽卻突然站住了，拉著我的手，看著前面那人的背影說：「那個人，太像你爸爸了。」

這的確是太偶然了，但誰又知道這不是老天在以這種方式，告訴我們爸爸也很想我們呢？

最離奇的一次經歷是這樣的。我有一個好友，帶了三個孩子從美國回來探親，在北京停留的時間非常短暫，我們只有一個上午可以見面。而且就這一個上午，她還要帶孩子去醫院，所以我們就約好在醫院見面。電話裡，我把醫院聽成了三零一醫院。一大早，我換了幾趟地鐵過來，上上下下找遍了，就是沒有找到這個朋友。我給朋友打電話，她說：「我在醫院一個正在裝修的樓裡面，二樓，輸液室。」我看到不遠處果然有這樣一棟樓，來到二樓，果然有輸液室，滿以為這回一定可以見到朋友，沒想到，一推開輸液室的門，沒看到朋友，卻看到大廳裡距離我有兩三排椅子的位置上，有一個戴著白色太陽帽、身穿淡藍色襯衫的老人，正在輸液——那分明就是爸爸！我無比真切地看著，臉色、眉眼、胖瘦、神情，無一不像。我的眼淚就那樣靜靜地流下，我不想擦掉，模糊著眼睛看去，那真的和爸爸沒有兩樣。我捨不得走，呆呆地站在那裡看個不停，但又怕被對方發現，我們的距離實在太近了。我拿出手機，裝作看簡訊的樣子，透過鏡頭看過去，更像爸爸了。我貪婪地拍了下來，一口氣拍了四五張，擔心被對方發現，趕緊收了手機，走出輸液室，再次給朋友打電話。

「喂，我到了你說的二樓輸液室，還是沒有找到你，卻看到了一個人。」我不知道該怎麼和朋友形容我的感受。

「就是海軍總醫院的門診二樓啊，你怎麼會看不到我們呢，我們都快結束了。你看到什麼人了？」朋友問。

「什麼？海軍總醫院？我在三零一醫院啊。」難怪一直沒看見朋友，原來我找錯地方了。

見面後，還沒來得及敘舊，我先給她看了剛剛拍攝的照片。她有些不解：「你爸爸？」我搖搖頭：「剛剛拍的。」朋友驚訝得合不攏嘴：「你爸爸不是已經……剛剛拍的？」朋友的表情，證明不僅我覺得那人像爸爸，她也誤以為照片上的就是我爸。我看著照片接著說：「你說這也太巧了，我明明是去找你，結果走錯了地方，卻見到了一個如此酷似我爸爸的人，這也太神奇了，故意安排也沒有這麼巧合的事。」

朋友接過我的手機，看著裡面的照片說：「我給你講一件事。美國有個媽媽，她的女兒要去露營，走之前，媽媽有些不放心，女兒對她媽媽說，沒關係的，媽媽，如果我有什麼意外，也會變成蝴蝶來看你。沒想到，女兒一語成讖，真的出了意外。媽媽悲痛欲絕。後來，有朋友勸她出去散散心，他們來到郊外，忽然成群的蝴蝶向這個媽媽飛來，圍著她繞圈。這個媽媽終於明白，女兒並未走遠，她真的回來看她了。」朋友講完故事，靜靜地看著我，然後說：「也許，你爸爸也是以這樣的方式告訴你，他很好，他也很想你。」朋友說，老天一定想了很多辦法，才借由這樣的方式，讓你和爸爸相見。

當然無處考證朋友這個故事的真假，即便是真的，也有偶然的成分，但我願意相信她後面的話，爸爸在以這樣的方式告訴我，他很好，他也很想我。

爸爸的日記

爸爸去世後一年左右，媽媽回了趟老家，準備把老家的房子租出去。一個下午，媽媽在倉庫收拾書本雜誌時，發現了一個藍色塑膠皮的日記本，看上去毫不起眼，是那個年代最常見的樣式：32開，左上角印了一個藏書票大小的圖案，是兩個小朋友合看一本書，小男孩兒戴著頂草帽，小女孩穿著裙子，圖案的下面有一行黑色小字：RIJI 日記。

就在媽媽即將把它連同其他的書本雜誌賣作廢品時，卻發現這是一本真實的日記，是爸爸從一九八二年到一九九六年跨度十餘年的日記。媽媽打電話告訴我這個消息時，我簡直不敢相信，我讓媽媽一定要把日記本帶到北京給我看看。

媽媽卻很平靜地說：「記錄的都是他工作中的事，沒什麼意思，你不會感興趣的。」

「不，媽，不管記錄的是什麼，請一定不要弄丟，帶到北京交給我吧。」我異常堅定地對媽媽說。媽媽哪裡知道，無論內容是什麼，那都是爸爸親筆寫的文字，對我來說太重要了。

盼望著，這本日記終於交到了我的手中，紙張稍有泛黃，卻平平整整，保存得比我想像的還要好。日記本的封皮內側還夾著一張黑白照片，是我三四歲時照的，我不知道這照片是後來媽媽收拾東西時順手放進去的，還是一直被爸爸放在這裡珍藏，我沒有去問，因為我更願意相信是後者。

那一夜，等到所有人都入睡了之後，我悄悄打開床邊的檯燈，鄭重其事地坐起，一頁頁翻看爸爸的字跡，心裡五味雜陳，各種思緒交替湧現，直到天明。

並不全是悲傷。透過日記，彷彿年輕的爸爸又陪我重新成長了一次，我看著當年那個和如今的我年齡相仿的爸爸，也在事業上迷茫，也在追求、奮鬥的過程中不斷給自己加油打氣，有時還流露出孩子般的可愛語氣，那樣生動、親近，甚至就像另一個我自己。我甚至忍不住為他很多文筆老到、幽默的篇章暗暗叫好。

日記的開篇記述了寫作的緣由：

古語云：光陰似箭，日月如梭。這裡的箭大約就是指古代那種搭在弓上射出去的箭，梭也是指舊式織布機上的梭子。老祖宗大概以為箭和梭子就是最快的速度了。然而在科學技術突飛猛進的今天，那又算得了什麼呢？簡單一例，光的速度大約就是每秒鐘三十萬公里。古語又云：一寸光陰一寸金，寸金難買寸光陰。把光陰看得比黃金還寶貴，黃金自有它的貨幣價值，然而，和時間比起來，又算得了什麼呢？光陰易逝、歲月難求，有人打過這樣的比方，我認為是再貼切不過了：節約時間等於延長生命，反之浪費時間也就無異於浪費自己的生命了。縱有萬貫家財，一死也就萬事皆空。人活一世，總要留下點什麼，我認為最好的東西就是做一點對社會有意義的事。

雖然這俗套的開場白，就像那個時代常見的中學生作文，但我還是覺得很激動，我從不知道只有初中程度的爸爸會寫出這樣的文字來。爸爸果然「萬事皆空」的離去了，他是否做了「一點對社會有意義的事」，這可能要由別人來評價。但對於我而言，爸爸留下了這樣一本日記，它的意義已經重要到無法用語言來形容。

整本日記確如媽媽所說，絕大部分都記錄著他在工作中的所思所想、需要提醒的事件，和一些工作小結，但我卻看得津津有味。至於這樣一本薄薄的日記為何居然跨度十幾年，其實爸爸在寫作之初就曾預感到了，日記開始於一九八二年四月二十四日，但其中有很長一段時間沒有記錄，直到一九八四年二月二十一日才有了新的開始，爸爸在那天的日記中寫到：「翻開日記，大吃一驚，竟有整整十一個月沒有記日記了，可見本人懶到什麼程度。」而緊接著的下一篇日記，日期又一躍而至當年的十二月，爸爸在這篇日記中再次調侃自己：「又是十個月未記日記，照這樣下去，一本日記大約可以使用十年了。」爸爸的估計還是有些保守，這本日記最終還有大約三分之一的空白頁。最後一篇日記止於一九九六年九月二十六日，從頭到尾記了十四年。而一九九六年正是爸爸單位開始職工下崗、幹部放假的時間，沒了工作，爸爸大概也沒有繼續書寫日記的心情了。

我從不知道爸爸在工作中是什麼樣子。小時候，每晚我睡下了，爸爸還沒回來，回來也是醉醺醺的；早上我出門時，爸爸通常還沒起床，或者已出門了。雖然，偶爾也有他的同事到家做客，但他從沒和我主動說起工作上的事情。所以，在爸爸生前，我常常自以為是地覺得爸爸在工作中太過頭腦簡單，有時我在職場上遇到難以解決的問題，總是想，要是有個精於職場各種規則的老爸傳授一下經驗該多好。可是，除了泛泛地向我提出「要上進」的要求外，爸爸從沒在工作方面給過我任何具體的幫助。就在看到這本日記的前幾天，我還在為自己總算處理了一件工作中的麻煩事而自得，暗想爸爸當年一定沒有我這樣的「謀略」，不然也不至於一輩子只取得那樣平平的業績。然而，這本寶貴的日記在爸爸走後一年多「橫空出世」，似乎正是為了證明我的想法是愚蠢的。

透過這本薄薄的日記，爸爸的人生在我面前變得豐厚起來。之前，我一直以為爸爸懦弱、缺乏責任心，卻又有些清高、自大，可當他的日記中大量平實、簡練的工作安排出現在我眼前時，我才真切地感受到他當年的日常生活。他是那樣忙碌，三十幾歲的他已經完全獨當一面，每天帶領著三百多人的團隊，處理各種紛繁事宜，日記中常常出現談判、簽約、催要工程款、預算決算的字樣，有些會議記錄中還出現決定某些人命運的分房、處理意見的字樣，甚至還有親自處理某人喪葬事宜的記載，真的想像不出在我眼中那樣孩子氣的爸爸，在工作中竟那樣成熟、幹練。

爸爸一生雖然沒有做過什麼大官，但最輝煌時手下也曾帶領幾百人的團隊。他清廉正直，從沒拿過不該拿的錢。用爸爸的話說：「不做虧心事，不怕鬼敲門。」小時候，常常聽同學炫耀，有親戚以外的人送他們紅包。我想不明白，為什麼親戚以外的人會送他紅包？為什麼不過年也可以送紅包？我怎麼就從來沒收到過這樣的紅包？終於有一次，家裡來了兩個陌生的叔叔，他們自稱是爸爸的朋友，從瀋陽來，可爸爸當天不在家，媽媽接待了他們。他們看上去那樣親切，拉著我坐在他們身邊，悄悄問我喜歡什麼，還說第二天再來看我，帶我上街，我想買什麼就買什麼，他們甚至趁媽媽不注意，悄悄塞給我一捆錢。啊，這就是同學們說的，親戚以外的人送的紅包嗎？我有些激動。可是他們剛走，媽媽就把我手上的錢收走了，後來又交給晚歸的爸爸。爸爸看到錢有些生氣，說了句：「胡鬧！明天我給他們退回去！」第二天，我還心存僥倖地盼望這兩個叔叔再次出現，甚至想好了他們帶我上街要去的地方，可是他們卻蹤影全無。過了一陣，我隱約聽到爸爸對媽媽說：「錢我退回去了，這樣才能理直氣壯地做事。過幾天我還要去一次瀋陽。」在爸爸的日記中，我找到了這段記錄，只有簡單的一句話：「×月×日，去瀋陽與乙方談判，商量協定簽署事宜。」

或許，爸爸正是想以這種方式和我溝通？爸爸的日記中沒有一句具體的教導，但他詳盡地記錄下他的工作狀態，不就是在以他自己的經歷，給我講那些工作上的道理麼？想到前不久，我促成了一個供應商成功與我們簽約。事後，對方的銷售人員給我帶來一筆「感謝費」，被我義正詞嚴地拒絕了。當時，我心裡還在想，在這樣的時代，我的舉動是否在對方眼裡迂腐得可笑呢？但是看了爸爸的日記，想起當年的往事，我忽然明白了自己迂腐性格的來源，突然覺得自己充滿底氣並且為之驕傲。

一個好友在聽我說起這本神奇的日記時，非常肯定地對我說：「這本日記之所以最終回到你的身邊，冥冥之中，一定是你爸爸的安排，他希望以這樣的方式走近你，讓你瞭解他，感受他的愛。」我默默重複著朋友的話：爸爸在以這樣的方式讓我瞭解他，感受他的愛。

想到了日記中零星幾處涉及家中生活的內容，凡是提到我的，皆以「我兒」、「大女兒」、「長女」作稱呼，且語態輕鬆，愛意滿盈。比如妹妹出世那天，爸爸的日記中寫的是：「陽曆九月五日，陰曆八月初十，喜得一千金，湊得一幯，也為幸甚。長女今年上學，次女方才出生。嘻嘻！」

再次想起機場臨別時，爸爸左看右看怎麼也看不夠我的眼神，在他去世一年後，我又得到這本日記，是否因為爸爸對我還是不放心，所以想多陪伴我走一段路嗎？

說來真是冥冥之中自有天意。爸爸走後，我在無意中看到了馬原的長篇小說《牛鬼蛇神》，文章用很大的篇幅寫了文革期間，一個來自雲南、一個來自東北的兩個「紅衛兵小將」到北京串聯的故事，充滿各種細節描寫。讀這部小說時，我恍然覺得那個來自東北的十五歲的男孩就是當年的爸爸——爸爸也是十五歲時孤身來北京參加紅衛兵串聯，在天安門城樓下等待毛主席接見。如果說日記是穿越回我童年時，和爸爸共同經歷過的那些日子，以及他不為我所知工作的一面，那《牛鬼蛇神》則完全讓我走回爸爸的少年時代。

隔了一些時日，中央電視臺又開始播放一部大型電視紀錄片《國企備忘錄》，講述國企改革的歷程，看著那些歷史節點發生的事，恰恰都能和爸爸一生的工作起伏絲絲入扣，我又來到了爸爸待業在家的那段日子。

爸爸的人生，開始由這些我以前完全不熟悉的碎片穿連起來，我看到了一個更真實、更立體的爸爸。這才驚奇地發現，我們的靈魂竟是那麼相似。

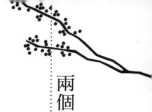

兩個相近的靈魂

早些年我常出差，在夜深人靜的異鄉酒店裡兀自發呆時，好像清晰地看到自己的靈魂孤單地遊蕩在這個世界上。周遭的人很多，但是相似的、彼此懂得的靈魂卻沒有一個，即使是最親密的愛人，也無法窺見我的靈魂深處。而近幾年，這種感覺越來越強烈，越來越頻繁。也許到了一定年紀，就會有那種蝕骨的孤獨需要面對。越是熱鬧的時刻，比如春節時觥籌交錯的宴席、窗外滿眼的煙花中、卡拉ＯＫ廳的眾聲喧嘩裡、早晚高峰北京環路洶湧的車流裡……孤獨總是迎面而來，一擊中的。

可爸爸的日記讓我看到了另一個自己。不僅是相同的寫日記的習慣，還有那幾乎相似的措辭、完全如出一轍的心路歷程，甚至同樣的開場白：「又是好久沒有寫日記了，可見自己多麼懶惰。」我也有幾本只寫了一半的日記，如果把我們的日記放在一起，恐怕會有很多相似的句子。與此同時，媽媽總說，我越來越像爸爸了。不僅舉手投足的姿態像，說話辦事眼角眉梢的神情像，連脾氣秉性也越來越像。

當我到了三十幾歲，面臨上有老、下有小，中間還有沉重的事業壓力的年紀，我發覺自己越來越能理解爸爸，理解當年我根本無法理解的舉動。

比如他的暴躁。有時下班回家，在單位忙碌了一天，頭腦昏沉，只想安靜地坐一會兒，可是看到被然然弄得一地狼藉的玩具，聽著媽媽在耳邊詢問晚飯吃什麼，電視裡聒噪的主持人正喋喋不休宣傳產品，就像壓垮駱駝身上那最後一根稻草，這時如果再有任何一點外力加入，比如然然的突然哭鬧、老公的言語衝撞，我真的有一拳下去砸爛這個混亂世界的衝動，因為無名的怒火無處排解，也許頃刻就是暴跳如雷。

比如他的懦弱。其實，在很多個被工作壓得喘不過氣的時刻，在被家庭瑣事折磨得痛苦不堪的時候，我特別想找人說說，也特別希望有個人能讓我依靠一下，只需要說一句「別怕，有我呢」，就足夠了。所以，有時候在真正要好的朋友面前，我會顯得脆弱無比，甚至會流淚且喋喋不休。和爸爸比起來，我又多堅強呢？只不過，我很少在父母面前流露這一面罷了。而爸爸面對媽媽的手術，對我哭泣，是不是恰恰說明，在他心目中，我是最值得信賴的人呢？家中無男孩，我是長女，更是「長子」，爸爸老了，把我當作他可以依靠的人，有什麼不對？

以前，爸爸常因媽媽不會做家務發脾氣。現在，當我成年以後，重新和媽媽生活在一起，我發現我對這一點的苛求遠甚於爸爸，媽媽雖然每天勞碌不停，但因為不會收納，家裡始終看不出乾淨整潔的樣子，我完全理解爸爸看到亂糟糟的家時那種挫敗感。

小時候，媽媽總是抱怨爸爸嘴饞，經常花錢在外面買熟食回來吃，我覺得媽媽是對的，可當我上了大學、工作多年，嘗到了外面飯菜的滋味後，終於明白爸爸當年時常外食的原因——媽媽做的飯菜實在不怎麼好吃，味道寡淡，外觀也不吸引人，我開始尋找一切機會帶著家人到外面打牙祭。況且，在經濟條件允許的情況下，偶爾去喜愛的餐廳用餐，不也是一種生活情趣？

除了不像爸爸那麼愛吃肉，其他方面，我幾乎就是爸爸的翻版。

除了性格相似，我們也有靈魂貼近的交心時刻。在很多場合裡，我會驀然驚覺自己當下的感受，一定也是某個時刻爸爸曾深深體會過的。我骨子裡對文藝的熱愛，對人情世故和官場文化的逃避，對正直善良的追尋，與爸爸如出一轍。我多希望自己也是個男人，能和至交老友，黃昏時共同淺飲低酌，微笑著對他說：「我也是性情中人哪！」或者，在開心的時候，把酒縱歌，和對方敞開心扉！

某個失眠的夜晚，我靜坐在床邊，看窗外漸漸透出了微光，嘴裡喃喃地和爸爸說起話：「老爸，我真的覺得，這世上只有我最懂你，而唯一可能最懂我的人，也是你啊。或許，我應該找一個安靜的夜晚，擺好酒菜，杯碗盤碟，靜等你來。我們好好喝一杯，訴訴衷腸。」該有多少脈脈相通只可意會的心思啊！到時，我們不需多說一句話，看著窗外紛紛落雪，你用你那一直引以為傲的聲音朗誦起：「千山鳥飛絕，萬徑人蹤滅，孤舟蓑笠翁，獨釣寒江雪。」我在你旁邊輕輕地擊箸來和，那一刻的寂靜能勝過千言吧。

不養兒不知父母「恩」

如果說有了然然後，從身體上讓我深刻體會到媽媽當年哺育我的艱辛；那麼，對於爸爸，則是讓我從精神層面，逐漸體會到一個父親對女兒的感情，也慢慢理解了爸爸當年的舉動。

我是那麼愛然然。在然然三歲之前，我幾乎從未對她發過脾氣。然然剛出生後「鬧時差」，晚上大哭不睡，我就和老公輪流抱著她輕聲哼歌，直到天亮。在然然還不會說話的時候，我就待她像個老朋友一樣，絮絮叨叨地和她「聊天」，做什麼事都會和她解釋。不管然然怎麼哭鬧，我都會先反省自己，是不是有哪裡沒有照顧好她，猜測她是餓了？渴了？睏了？尿了？拉了？熱了？冷了？可是，隨著然然漸漸長大，小人兒開始有了自己的主意，甚至開始「叛逆」：不順她的意時，她會大哭耍賴，有時你要她做的事她偏偏不做，尤其是晚上，當我已經被她折磨得筋疲力盡時，她卻兩眼泛光精神十足，在床上蹦蹦跳跳又喊又叫，我真的會抓狂。

某一晚，手上還有沒做完的工作，我急著想讓然然快些入睡，耐著性子唱了幾遍搖籃曲，可然然先是嘻嘻哈哈地往我懷裡鑽，在我有些生氣之後，只消停了幾秒鐘，就又開始不停地翻身、踢腿，還用手摸我的臉，摳我的鼻子，這讓我終於忍耐不住開始發作：「去去去！你不睡算了，我還要工作！」我邊說邊把然然推向床的另一側，險些磕到床角，然然瞬間大哭，邊哭邊來抱我的胳膊，我感到前所未有的抓狂：「你煩不煩啊！整天睡覺要人陪著，我有自己的事情你知道嗎？你愛睡不睡，滾一邊去！煩死了！」說完這些話，我還覺得不解氣，我再次推開然然，摔上了臥室的門，躲到另一個房間生氣。然然光著腳從臥室哭喊著追了出來：「媽媽！媽媽！」這真的很讓人崩潰：「你到底想怎麼樣啊！煩死我了！再哭，再哭打死你！」然然的爸爸追了出來，連他都被我猙獰的樣子給嚇著：「你怎麼了？怎麼這樣和孩子說話？」他把然然帶走之後，另一個房間還隱隱傳來她的哭聲。我揪住自己的頭髮，不敢相信「死」這個字這麼輕易就從我的口中對然然說出來。而這只是因為當時情緒太過激動，完全失控之下的行為，不代表我不愛然然。

還有一天早上，因為要出差，我打算送然然去幼兒園後直接去機場，所以身後背了沉重的背包，手上還拎了東西。然然的幼稚園就在社區裡，路程並不遠，平時然然習慣讓我抱著去，我也多依著她。可這天，她還是要我抱她，我開始和她講道理：「媽媽拿了很多東西，實在抱不動你，然然是個大孩子了，自己走可以嗎？」然然先是點點頭，又馬上搖頭，還是堅持要我抱。無奈，我抱著然然走了兩步，真的不行。我再次把她放下：「然然，媽媽真的抱不動，乖，我們自己走。」然然抱住我的大腿：「不，媽媽抱！媽媽抱！」見到然然這麼不懂事，我有些生氣：「然然！你怎麼這樣啊！道理媽媽都和你說過了，自己走一段行嗎？」然然開始哭鬧，我甩開她，自己向幼稚園的方向走去。然然快速地追上我，再次抱住我的腿又哭又鬧：「然然！你這樣媽媽真的很生氣，你知道嗎？媽媽很生氣！」然而，任憑我怎麼吼，然然什麼話都聽不進去，就是堅持讓我抱。我由著她在我大腿上緊緊抱著，艱難地向前邁步，不再管她。然然見我不管她，哭鬧的更厲害了，手也抓得更緊了：「媽媽，抱呀！媽媽抱！」我一步也動彈不得，再不快些把然然送到幼稚園，我就要誤掉航班了，看著蠻不講理的然然，我氣得直跺腳，心想這孩子怎麼變成這樣？我憤然地把背包和手裡的拎包都放下，使了很大的勁，把然然從我的腿上分開，然後暴跳如雷地對著然然大喊：「滾開！滾！滾遠點！」這話說出來之後，我突然被自己嚇了一跳，這句爸爸當年對我說過，令我耿耿於懷多年的話，現在竟由我的嘴裡，對著深愛的女兒說了出來！我竟讓她「滾」！瞬間我理解了當年的爸爸。

不久後，又發生了一件事。

那是去年冬天，大學同學的孩子患了白血病來京求醫，我們想幫忙卻愛莫能助，終於還是眼睜睜看著孩子被死神奪去生命。那一刻，面對同學的傷慟，我感同身受。我簡直不敢想像，如果這樣的事情發生在自己身上，我是否會徹底崩潰，有什麼能比失去孩子對父母的傷害更深重！而這，讓我忽然明白爸爸對妹妹的格外寵愛，或許還有另一重原因。

妹妹大概就在然然這個年紀時，大腿上突然莫名其妙地長出一個圓鼓鼓的肉瘤，媽媽帶她看遍當地的醫院，所有醫生診斷結果都類似：可能是惡性腫瘤，必須手術做檢驗。我當時上小學，尚不能真切體會爸媽當時的心情，只記得妹妹很快被安排住進了當地最好的醫院。手術那天，因為妹妹太小，需要全身麻醉，而如果麻醉過敏，或許妹妹未等手術開始就會面臨生命危險。媽媽在簽同意書前就哭暈了過去，爸爸顫抖著簽字之後也是泣不成聲。原本要爸爸把妹妹抱上手術床，爸爸卻連這一簡單的動作都做不到，最後還是姑姑把妹妹抱了進去。

以現在做母親的心境，我簡直不敢想像當年爸爸媽媽是如何熬過那場手術的。萬幸的是，手術很快就結束了，原來是虛驚一場，妹妹腿上只是個小小的囊腫。但對於爸媽來說，或許妹妹是一個「失而復得」的孩子，他們再怎樣加倍心疼寵愛都不為過吧？

轉眼已三年

日子說快也快，轉眼爸爸已經走了三年了。在三周年忌日前，媽媽做了一個夢，夢見爸爸對她說：「我真的捨不得你們，不想一個人走啊。」爸爸在夢中一再回頭張望，不願離去。

其實，這三年我覺得爸爸一直沒有走遠。妹妹說，是在爸爸的指引下，她認識了新的男朋友並且組成幸福的家庭；我也覺得，是因為爸爸的祝福和保護，所以我的工作有了新局，然然長得健康活潑……爸爸一定希望他不在之後，我們仍能一如既往快樂地生活著，所以姑姑們儘管在爸爸剛去世的時候，和我們大吵一架，甚至信誓旦旦要絕交，但是當最初的悲痛慢慢淡去，還是因為爸爸的連結，暖暖的親情終究掙扯不斷。在爸爸一周年祭日的時候，我們在一起回憶兒時的點滴，以及爸爸小時候的各種糗事，幾個姑姑抱著我又哭又笑，誰讓她們是爸爸的妹妹、我的姑姑呢？一家人「打斷骨頭還連著筋」啊。

爸爸三周年祭日時，我們一家三口、妹妹一家三口，加上媽媽，總共七口人從北京回到老家，給爸爸祭拜掃墓。

晚上，姑姑們、姑父們、堂哥堂嫂、表弟表妹以及他們的孩子們，大家滿滿坐兩桌子，吃飯、喝酒、唱歌。還是像小時候那樣，邊喝邊唱，唱的是爸爸年輕時愛唱的歌。房間很熱，然然這一代的孩子也有三四個了，在餐桌間跑來跑去，嬉笑打鬧。三年了，姑姑、姑父們蒼老了很多，唱歌的嗓音早已沒有多年前嘹亮，似乎也更容易醉了，大家紅著臉，互相說話敬酒。

我心裡很難受，所有的人都在，就缺爸爸一個。同時暗自感傷，此次離別，不知下次什麼時候再回來？爸爸的三周年祭日已過，老家的房子也已出租，平日裡工作繁忙，沒有特殊的理由，我恐怕不會常回來了。

我帶著然然和先生，一起給姑姑、姑父們敬酒。大姑父拍拍我的後背，大手厚厚的，一下、兩下，沒有更多的話，卻把我眼裡的淚花拍了出來。二姑父趴到我耳邊，好讓他說話的聲音超過歌聲：「要常回來！帶著孩子回來！」三姑夫在外地工作沒有趕回來。

四姑父是南方人，依然用他那不標準的普通話，簡短地說著：「好，好，大家都好就好。」姑姑們和我緊緊地擁抱在一起：「永遠記著，這是你的家。」

我藉口上洗手間，把湧上來的眼淚擦乾，靜靜地站在包廂外面，聽裡面的歡聲笑語。就像鏡頭搖臂突然拉伸成遠景，我恍然覺得在一切歡樂之上，有爸爸在靜靜地注視著，微笑著，祝福著。

伍　我終於在眼淚中明白

父親去世後三年，直至此刻，

那個曾在我心裡紮下根，

像枯樹一樣刺痛我多年的問題，終於有了答案。

彷彿瞬間枯枝上滿樹梨花開放，但，卻有無盡憂傷。

我是笨小孩

大概從小在奶奶家裡，被嘲笑像個農村孩子不會打扮、不講衛生而自卑的緣故，我在家裡常常是悶悶的、不愛說話，甚至有些木訥，所以，爸爸常說我笨。

偶爾翻看童年的照片，發現我小時候居然不會笑：表情多半僵硬不自然，要麼眉頭緊皺，要麼笑得憨傻。媽媽說，我小時候也不怎麼哭，爸爸媽媽要去上班，臨出門前和我招手再見時，也不見我有傷心的表情，而等他們下班回來見到我，也感覺不到我有多開心。我不知道這樣一個小孩在成人眼裡該是多麼無趣。媽媽說，爸爸有一次甚至半開玩笑地問媽媽：「我們不會生了個傻孩子吧？」妹妹童年時的照片，每一張都顯現出她聰明活潑的樣子來，眼睛明亮充滿神采，而且表情各異，對著鏡頭做出各種自然的可愛姿態，包括噘嘴、撒嬌和扮鬼臉。

我喜歡晚睡，睡前會看些閒書或者寫日記，爸爸總以為我是在背地裡下苦功讀書，我也不願意解釋。所以在爸爸眼裡，我是他最笨的那個孩子，而妹妹，則是他眼裡的神童。爸爸常常一邊讓妹妹騎在他的肩頭，一邊得意地炫耀著：「我二閨女是個神童！」同時無數次充滿鄙視、不滿地說我：「笨！真是笨！你就會下些死功夫，腦子肯定是不夠用的！」

不知道是不是因為這些原因，爸爸才更喜歡妹妹一些？

爸爸的話讓我很不服氣，也異常委屈。因為我在學校裡的表現與此截然不同，我門門功課都很優秀，幾乎不怎麼用功，就可以學得很好。小學時，班導師曾給過我「思維敏捷」的評價，高中時，從高一年級七個班級選出四名同學參加數學競賽，我是唯一一名來自文科班的學生，也是其中唯一的女生。而這些，爸爸好像全都看不到，無論我的成績多好，他都認為是我夜半苦讀的結果，他就是斷定我笨，妹妹才聰明。

說也奇怪，我一直不肯承認爸爸覺得我「笨」的評價，但這個標籤竟慢慢進入我的潛意識，長大後，我早已不知不覺接受了自己很笨這件事，甚至「我是個笨人」也成了我的口頭禪，遇事時我會習慣性地想：「我可是個笨人，不比那些聰明人，我沒有什麼捷徑可走，所以更要額外付出努力」，於是，做任何事情，我都會小心謹慎，願意付出更多努力，不怕多下功夫。也因此養成了不耍小聰明，不貪小便宜的個性。我知道自己笨，所以輕而易舉的好處在我想來一定是陷阱，否則輪不到我這等「笨人」佔便宜。這樣的好處是，我雖然從未得到什麼「天上掉下來的禮物」，卻也從沒吃過大虧。工作多年，同事們對我的評價都還不錯，大家都認為我做事踏實、待人真誠，從不投機取巧，是個靠得住的人。

然而，隨著我一路本科、碩士讀下來，又憑藉自己的努力謀得一份體面的工作，爸爸卻開始為我「翻案」了，他經常笑著對我說：「看來你不笨呀。你腦子的聰明勁一定是隨了你老爸我，只不過認真刻苦的勁隨了你媽，所以才有今天的成績啊。」最有意思的是，爸爸還會找出許多我小時候的例子來，一一證明我「不笨」。

唉，爸爸的「翻案」其實忽略了很重要的一點：我始終想不清楚爸爸究竟愛不愛我。這個問題糾纏了我三十多年，在爸爸去世後又足足困擾了我三年，我一遍遍回想往事，苦苦追尋答案。這麼簡單的事，我都想不清楚，何嘗不是真笨呢？

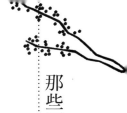

那些回不去的時光

有許多和爸爸相處的片段，曾被我反覆憶起，證明「爸爸其實是愛我的」。及至如今，放下愛與不愛的話題，我總算想明白一點：在很多時候，爸爸其實是在努力學著如何和我相處，而我，或許配合得並不好，這讓初為人父的他難免不知所措。

爸爸在時，愛聽一首歌，是電視劇《咱爸咱媽》的主題歌，第一句歌詞就是：「那是我小時候，常坐在父親肩頭……」孩童時代被父母舉在肩頭的情景，對任何人來說，一定是記憶裡最溫情的片段。就像現在，然然的爸爸也常讓她坐在肩頭，她每次都會開心得咯咯笑，兩隻小手緊緊地摟住爸爸的下巴，放她下來時，她通常都會耍賴半天：「不嘛，不嘛，我不要下來，我還要舉高高……」每次看到父女倆其樂融融的樣子，都讓我感到茫然若失。

有一年正月，爸爸也曾這樣把我高高地舉在頭頂，帶我去街頭看秧歌。

小城的正月是一年之中最熱鬧的時節，秧歌、高蹺、龍燈，接連從我家門前的街上走過。爸爸的個子不高，他舉著我，鑽出小巷，走向東邊人民銀行前面的十字路口，那是當時最大的一個路口，中間有個交警站崗用的指揮亭，秧歌在那裡停了下來，人群圍得一層又一層。

我坐在爸爸的肩膀上，第一次也是唯一一次坐在爸爸肩頭，本該開心、驕傲的我，大腦卻突然短路，只剩一片空白，受寵若驚得幾乎傻住。我坐在上面，不知道手腳該放哪裡，手不敢摟緊爸爸，腳也不敢亂動，害怕掉下來，更怕惹爸爸不高興，好希望能多坐一會兒，卻在爸爸放我下來的時候，不敢多說一句話。

儘管每次想起爸爸的愛，這段記憶總是首當其衝的跳出來，但現在想來，當時爸爸對我木訥的表現，也許會覺得意味索然吧。

物以稀為貴，大概記憶也是這樣。從小到大，媽媽給我講了無數的故事，幾乎都忘了，而爸爸給我講故事的情景，卻始終珍藏在記憶深處。爸爸講的是《西遊記》中孫悟空拜菩提老祖學藝的那段。

那次是因為媽媽出差了，家裡只有我和爸爸，在睡前的被窩裡，爸爸講到菩提老祖在孫悟空的頭頂敲了三下時，也在我的頭上輕輕敲了三下，然後問我：「你猜是什麼意思？」我猜不出。

爸爸說：「孫悟空就猜出來了，這是要他三更時分去找菩提老祖，菩提老祖要悄悄地教孫悟空本領了。」

「什麼是三更？」

「三更啊，就是……」

爸爸講故事不用看書，黑暗中，他溫和而低沉地在我耳邊講述著，我想像著菩提老祖的樣子慢慢睡著了。

也是媽媽出差的那幾天，每晚爸爸幫我洗漱。從小到大，媽媽一定給我洗過無數次，我都不記得了，偏偏只記住了爸爸給我洗腳的情景，那麼清晰。我坐在小板凳上，爸爸就蹲在我面前，使勁搓我的腳脖子，那裡有點黑，卻怎麼都搓不掉，爸爸搓得我好疼，可我卻什麼也不敢說。

難怪李宗盛會唱：等你發現時間是賊了，它早已偷光你的選擇。幾十年的時間過得太快，那些時光再也回不去了。腳脖上的疼好像還在，我竟再也沒有給爸爸洗腳的機會了。

我仍能清晰地記得，就在爸爸給我講孫悟空向菩提老祖學藝這段故事的大炕上，他曾像個青蛙似的趴在炕中央，讓我學他的樣子趴在旁邊，然後努力地鼓起肚子一蹦一蹦，爸爸對我說：「這就是蛙式，爸爸教你游泳。」然後，爸爸誇張地做出吸氣、呼氣的動作。爸爸還曾趴在炕沿上，教我畫一個圓柱體，再在圓柱的一側加上半圓，就成了杯子；教我畫暖水瓶，大小不一的長方形疊加，下面還是一個圓柱。有一年夏天，媽媽做了炸醬麵後有事出門了，黃瓜絲、肉醬等都弄好了，炕上放著一大盆過水的手擀麵條，旁邊是家裡小巧的炕桌，我和爸爸坐在炕上邊看電視邊吃麵條，一碗又一碗，居然把一盆麵條全吃光了，然後兩個人撐得並排躺在炕上捂著肚子打滾。還有一年，爸爸單位給他配了一輛輕型摩托車，爸爸一大早五點多就把我從鋪炕上叫了起來，然後騎車送我去上學——我家離學校走路只需要十分鐘。到了學校，爸爸騎著車帶我在沒人的操場上一圈接一圈的兜風……我們還在這鋪炕上下跳棋、玩撲克、畫畫、描紅……

後來，爸爸的工作越來越忙，我們家也搬到了爸爸單位的宿舍，我開始有了自己的房間。那時開始，爸爸常在外喝酒應酬，常常天色很晚，才一身酒氣地回到家。除了深夜悄悄等爸爸平安回來，我還有一個從未告訴過別人的小心思：我願意讓爸爸喝醉。

爸爸喝多了，不耍酒瘋，就是話多。要是回來得不太晚，他會很開心地和我們說話，開開玩笑，讓家裡充滿輕鬆快樂的氣氛。有時，爸爸會故意裝成醉漢，搖搖晃晃，大著舌頭說話，叫媽媽：「老太婆，我喝多了，你管不管啊！」「二閨女，爸爸要吐了，怎麼辦呀？快來接一下。」

要是我們不理他，他就會誇大自己的語氣與動作，直到把我們所有人都逗笑。

有時，他還會講一個重複了很多遍的簡短故事，並配以誇張的語調和動作：「有一個傻子，去打醬油。」爸爸說完這句話，總要搖晃一下，表示他喝醉了，然後又故意悄悄而平靜地說：「人家問他，多大了？」

「25！」回答這句的時候，爸爸一定要大著舌頭，拖出長長的尾音。

「肖什麼啊？肖虎！」爸爸繼續扮演一問一答的情形，傻子的答話總是憨憨的，粗粗的，長長的。「虎」在東北話裡，有「傻」的意思，所以爸爸說「屬虎」的時候，還要故意像個咬字不清的人，吃力地說出來。

「你那醬油怎麼啦？傻（灑）啦！」說完這最後一個包袱，爸爸把拖得特別長的尾音又帶出一點點翹上來，手上還做出端著醬油碗的樣子，眼睛呆呆地看著手，可憐巴巴的，真像一個沒搞清楚狀況的傻孩子。

「傻啦！」

這個故事不知聽他講了多少次，可每次都會讓我們笑到肚子疼。

這種時候，或許是因為身心進入了最放鬆的狀態，爸爸對我是和藹的，健談的，敞開心胸的。酒後的他從脖頸深處泛出紅來，直浸潤到鬍渣泛青的臉頰，雪白的牙齒配以渾厚的男中音，讓爸爸看起來男人味十足。我可以和他聊聊我最近看的課外書，問問我不知道的歷史掌故，有時我還讓他講講年輕時的趣事，甚至敢開開玩笑，問問他中學時代是不是有女孩追求。爸爸的興致通常很高，夾雜手勢，談笑風生。

再後來，我們家搬上了樓房，雖說那時身處青春期的我，和爸爸的關係變得更緊張了，但仍有一些細節長久地刻印在記憶裡，讓我忍不住在夜深人靜的時候回望過去。比如，在裝修新家時，爸爸問我，家裡還有一桶白色油漆，他可以再買一桶藍色或者紅色的油漆，調成天藍色或淡粉色，問我喜歡把牆裙（按：指室內牆面或柱身下部的保護層。也稱「護壁」）塗成什麼顏色，我見媽媽給我選的窗簾布是粉色，便要求爸爸刷成粉色的，爸爸真的滿足了我的要求。

我任性地說什麼也不肯和妹妹一個房間，於是，在我考上大學離家前的很多年裡，妹妹一直和爸媽擠在一個房間，即使搬上樓房之後依然如此。爸爸不僅沒有因為這個惱怒過，還時常到我的房間來，視察一般雙手叉腰地看看，然後心滿意足地對媽媽說：「大閨女這個房間冬天一定不會冷，你看最粗的那根暖氣管在這房裡呢。」

有一次，我上呼吸道感染，扁桃腺化膿，連水也喝不下去，一整天粒米未進。爸爸下班回來知道情況後，對我說的話，隔了這麼多年我還記得一清二楚，爸爸說：「孩兒啊，你多少得吃點啊，你不吃飯，爸也吃不下去，你要再不吃飯，爸就陪著你不吃了。」然後爸爸又問：「孩兒啊，你想吃點啥？爸去給你買。」我發燒熱得難受，就說我想吃雪糕。爸爸二話沒說，以他胖乎乎上樓就喘的身體，下了四樓，買了當時最好最貴的一種瀋陽產的雪糕，再爬上來，氣喘吁吁地送到了我的面前。

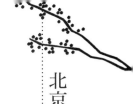

北京北京

十歲那年，我第一次來到北京。或許就是那次經歷，決定了我日後的人生軌跡。

一九八七年，我所在小學的美術小組和南京一所小學的美術小組，聯合在北京的中國美術館舉辦了一次畫展。因為適逢暑假，老師說，家裡允許去的，請由父母陪同到北京去看看畫展。不知爸爸媽媽是如何商定的，最終是爸爸和我坐上了南下的列車。

同趟列車上還有兩個美術小組的夥伴，也由家人帶著。爸爸買了一張臥鋪票，其他幾家坐的是硬座。那時候年紀小，根本坐不住，我跑到硬座車廂，和夥伴們一路打打鬧鬧，看著火車忽而鑽進山洞一片漆黑，忽而又駛出山洞一片光明，覺得十分有趣。半夜，我覺得肚子有些餓了，就跑回爸爸那，發現爸爸已經睡著了，就從背包裡翻出一個燒餅，津津有味地吃了起來。這麼多年過去，我對這個燒餅還記憶猶新，一同留在記憶裡的，還有當時鼾聲大作的爸爸，那無疑是一場充滿快樂的旅行，我人生中第一次真正的旅行。

第二天早上，我們到了北京西直門火車站。當時的北京二環外，還可以看見菜田。爸爸笑著問我：「你是不是覺得北京怎麼就這樣啊？還不如我們老家好？」我笑了笑，回答不上來，我還沒顧上細看眼前的一切呢。

爸爸帶著我按照事前查好的地址，來到美術館後街大佛寺附近的一處賓館。安頓下來之後，我趁爸爸在自己的房間休息時，偷偷從四人間的女賓客房溜了出來，在附近的小街上來回走了幾趟。「你怎麼一個人跑到這來了，膽子真大！」身後傳來爸爸的聲音。原來爸爸也想一個人出來轉轉。爸爸語氣嚴厲，其實並沒有生氣，反而向我解說起來：「你別小看這些院子，過去裡面住的可都是大戶人家，現在看著雜亂，那是因為這些矮磚房都是後來接上去的，這就是你以前在書上看過的四合院，知道嗎？」我看到有窄小的門，後面通向逼仄的小院，高矮錯落的磚房挨在一起，院內有晾曬的衣服，靠著牆角有懶洋洋停放的自行車……心想，這和院子沒什麼區別，還比我家的小院擁擠多了。

第二天是畫展正式開展的日子，我和爸爸早早來到了中國美術館。原本以為展覽會像在老家那樣整個展廳全部是我們的畫，到了之後才知道，原來當天不只有我們的畫展，我們只是其中一個很小的部分。但是我們的展廳裡人很多，場面很大。展廳門口有簽到檯，放著宣紙做的簽到簿。我這個初生之犢發現竟然沒有同學上去簽名，就在爸爸的默許下，自告奮勇拿起了毛筆。寫完第一個字後，我發現與上一個人的簽名距離有點太近了，想把後面兩個字稍拉開點距離，沒想到服務人員見我寫完第二個字後，以為我胡鬧，故意把兩個字寫得那麼遠，立刻把筆搶了去，不讓我繼續寫了，無奈，我在簽到簿上簽的名字少了最後一個「茹」字。我卻想：也好，這樣別人看到這字難看，也就不關我事。爸爸看了我的簽名笑了，他沒有嫌我不好好寫字，反而表揚我勇氣可嘉。

對整個畫展，我沒有留下太多記憶，只顧著在裡面找自己的畫。沒想到回到住處後，賓館的服務員叫住了我，她手裡拿了一張報紙，指著上面的一個地方問我：「這是在介紹你們嗎？」爸爸上前看了看，原來是《北京晚報》，上面有介紹我們這次畫展的內容，旁邊居然還配上我的一幅小畫。爸爸非常驕傲地點了點頭，說：「是啊，這就是我閨女的畫！」服務員驚訝得不得了，看我和爸爸的眼神都起了變化。接下來在這裡住的幾天，服務員都對我們非常友好，常常和我開些玩笑。

看過畫展，我和爸爸才真正開始了北京之旅。在爸爸的那本日記中，也記下了我們那幾日的活動蹤跡：

一九八七年八月一日 北京 陰

奉命來京已兩天，參觀少兒美術展覽，感觸良多，

當今之少年，比之我們當年是強多了，可謂青出於藍而勝於藍，希望在他們身上。

一九八七年八月三日 北京 雨

昨日比較緊張，到紀念堂瞻仰主席遺容，參觀大會堂，遊覽工人文化宮，天安門，晚間新聞節目中播放少兒美術展覽消息。

一九八七年八月六日 北京 陰

時間在不知不覺中消失，四日游北海公園、故宮、景山公園；五日遊天文館、頤和園。

一九八七年八月七日 北京 晴

一日遊。長城、長陵、定陵、石林、水庫。

……

當年的情景歷歷在目。我蹦跳著，在古色古香的北京。我看到它的天空那麼空曠高遠，

它的一草一木都蒼翠古樸，街道寬闊，綠柳成蔭，提著鳥籠的老人悠閒地從我們身邊經過，嘴裡小聲哼著京劇唱詞，碰著熟人則立刻京腔京韻地打起招呼。長安街上自行車密如流水，擁擠的公車帶著我和爸爸到了一個又一個之前只在書上和電視上見到過的景點：天安門、人民大會堂、毛主席紀念堂、王府井、故宮、北海、景山、中山、雍和宮、頤和園、長城、定陵……原來，外面的世界如此廣大，一個城市居然可以「無邊無際」。爸爸有時會和我說起他當年來北京串聯時的情景，他曾經住在哪裡，到過哪裡，吃過什麼，見過什麼。在景山，爸爸還和我講起崇禎皇帝在一棵歪脖樹上吊的歷史，不過，爸爸隨後補充說，當年那棵樹早在文革時就被砍掉了，現在這棵是後來種上去的。在北海的白塔下，爸爸讓我抬頭看塔頂四周殘缺的小小佛像，不無痛心地告訴我，那也是文革時被毀壞的。

更多時候，爸爸的話不多，我和他一前一後，悠閒地東走西看。其實，我對名勝古跡沒有什麼興趣，就連頤和園的長廊，我也只是覺得它不僅不夠長，而且上面的圖畫又俗氣又難看。所以，給我印象最深刻的不是那些景致，而是在別人眼裡微不足道的細小片段。比如，在北海划船時，胖胖的爸爸起身從船頭走到船尾，小船頓時劇烈晃動，讓我又笑又叫，直到現在，我好像還能感受到那日湖面反射的耀眼陽光，我的身子跟著小船左右搖晃，好像還能聽到自己真切的笑聲和尖叫聲，看到爸爸自嘲身體太胖時的可愛表情。還有，爸爸帶我到雍和宮玩，他告訴我雍和宮曾是雍正皇帝的家。我有些想不明白：皇帝的家不應該在故宮嗎？為什麼他的家在紫禁城外，最後又成了喇嘛廟了呢？雍和宮某個偏殿門口，放置著黑漆漆的像狼一樣的猛獸雕像，讓我沒來由的害怕，那種恐懼長久地留在了我的記憶裡，直到若干年後我來到這座城市工作生活，再次去到雍和宮時，還特意尋找了一下那尊雕像，那時我才發現它顯然呆頭呆腦殺氣全無，我實在想不明白當年究竟為何那麼害怕。

和爸爸配合最密切的是在長城，說來有些羞愧，恐怕會被很多人不齒。長城的門票無論在哪個年代都價格不菲，而那時我的身高剛超過免票的高度，爸爸正在為我的門票需要額外花錢而猶豫不決，我卻已經隨著人流悄悄矮下身子逃過檢票處溜進了景區內。然後我站在欄杆內，大聲叫爸爸：「爸，我在這兒哪！我已經進來啦！你也快點進來吧！」在日後很多年裡，爸爸沒少和媽媽提起這件事：「我還在那想要不要帶她去量量身高，或者和檢票員說些好話呢，她已經溜過去了，說起來也怪機靈的。」

在某個公車站牌旁，爸爸買了一瓶可樂，隨手遞給身後的我。就是那個年代用玻璃瓶裝、在一大塊冰塊上枕著的那種可樂。我不知道當時的售價是多少，爸爸好像並沒有考慮價格，就隨意地買了一瓶，開了瓶蓋，瓶口處還往外冒著絲絲涼氣，遞到我的手上。

「什麼啊？」我以為是汽水，只是這汽水的顏色有些深，紅色的商標上印著「可口可樂」四個字。

「你嘗嘗，咱們那可沒有賣這個的，美國人喝的東西。」爸爸微笑著說。

我嘗了一口，立刻咧嘴想要吐出來：「呸，真難喝，像中藥似的，美國人怎麼喜歡喝這種東西啊！」

爸爸笑得更開心了，他的那一瓶早已咕嘟咕嘟下肚去也。

爸爸還帶我去吃西餐。在一個有著高高吊頂的房間裡，爸爸排隊交錢，然後從另一個窗口領出了一盤盤吃的東西。我以為真是像電視裡演的那樣，要用刀叉來吃，沒想到，我的盤子裡裝的，居然是冰淇淋，只需用勺子就行。哈，爸爸說的西餐原來是這個。

我們在北京逗留了一周多，絕大多數風景名勝都去了，唯獨兩個地方沒有成行，從此成為我的遺憾。一個是當時小學課本裡學過的天壇回音壁，我特別想去那裡實地感受一下，爸爸原本答應了我，最後卻因時間不夠沒有去成。還有一個地方是旅館牆壁上廣告中說的「石景山遊樂園」，我看到廣告上刺激的過山車、摩天輪，很想去感受一番。不知爸爸是沒有聽清，還是故意敷衍我，他明明答應了我，卻帶我去景山公園，一字之差，天壤之別，讓我為此埋怨了他很多年。

這次北京之行，對我究竟造成了多少影響？我沒有評估過，也實在無法評估。但在那個人們很少走出家門的年代，在小夥伴當中，我算是最有見識的一個了。我知道外面的世界之大，開始不滿足於一輩子生活在故鄉那座小城。多少年裡，我一直念著北京，總想有朝一日再回到那裡，在那樣的藍天之下，聽著鴿哨聲，騎著自行車去上班。而爸爸，可以像他嚮往的那樣，年老之後在天橋下，和三五老友對坐下棋。

十五年後，我終於來到了這座城市，彼時五環內外都已高樓林立，北京已全然不是記憶中的樣貌，而我和爸爸終於去了天壇。但他只能拄著拐杖，在我和家人的攙扶下艱難行走，當年那個在我前面輕鬆踱步的爸爸再也不會有了。

禮物

提筆寫這一節的時候，我的眼前突然浮現出大大小小的各色禮物，比我之前想的還要多，「我這個沒良心的，這麼多年，爸對我的愛，都餵給狗吃了嗎？」一個聲音從心底冒了出來。想哭。

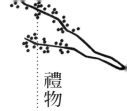

在那個物質匱乏、交通不便的年代，有多少父親能給自己的孩子買禮物呢？可爸爸在幾次出差回來時，都給我買了禮物。

印象中最早的一件禮物，是我四五歲時爸爸出差去大連，回來時給我買了一件連衣裙。裙子有白色的娃娃領，墨綠色的小細格，胸前和裙邊繡了一圈紅色、黃色的小花，媽媽見到後埋怨爸爸不會買衣服，選這麼老氣的顏色！爸爸沒有反駁，我也就理所當然地認為媽媽說得對，並不覺得這件裙子好看。多年以後，當我開始為女兒挑選衣服，有時會和媽媽一同逛街，才發現媽媽選中的嫩粉、水綠色衣服在我看來都太豔俗，而我看中顏色稍微深一點的童裝時，媽媽就會說，小孩子穿，多老氣！我突然想起當年那條小裙子，即使放到今天，也絕不會過時。想來爸爸是自己精心挑選或是仔細諮詢過的，那絕不是一件敷衍的廉價禮物。

還有一年，我已經上初中了，爸爸出差去瀋陽，給我買回來一條牛仔褲。爸爸說是有人在街邊車上甩賣（按：減價促銷），很便宜。初看樣式並不好，可是穿上之後非常合身，就像是為我量身定做的一般，而且褲型很好，顯得腿又細又長。是碰巧還是爸爸真的很在意我、瞭解我呢？我當然願意相信是後者。

最大的驚喜，是那年家裡買回來一架日本產的錄放影機。我中午放學回家，正好看到爸爸和同事一起抬著錄放影機進院子。家中每個人臉上都喜氣洋洋的，我也跑前跑後幫著開門、開箱、收拾電視櫃。機器擺放好以後，開始和電視連接調試。爸爸的同事姬叔叔是個大塊頭，他的臉頰上流著汗，笑咪咪地舉起一盒錄影帶，在我眼前晃了晃：「你看看，這是什麼？你爸爸對你可真好啊！」我搶過來一看，居然是我當時最迷戀的明星鄭智化的卡拉ＯＫ帶。哇！這真是太出乎我的意料了。我看了看爸爸，爸爸還在旁邊忙著，什麼也沒說。姬叔叔接著說：「你爸爸說，你喜歡他的歌，這人有什麼好啊？可剛才在商場你爸爸買的第一盒帶子就是這個！哼，想不通。」爸爸從來不讓我看電視，但是偶爾電視上有鄭智化的演出，爸爸竟會主動到我的房間叫我看。我知道爸爸一直記得我喜歡鄭智化，卻從沒想過他會送我一卷鄭智化的帶子做禮物，爸爸從未解釋過什麼，我也從未問過，也從沒向爸爸說過一句謝謝。後來，我常常拿這卷帶子一個人在家唱卡拉ＯＫ，自娛自樂。有一次，我正唱得起勁，爸爸回來了。爸爸推開門後，笑呵呵地氣我：「哎呀，這破鑼嗓子，我從樓底下就聽見了，真怕推門進來咱家裡都是狼啊，你這得招多少隻進來啊！」

考上重點高中那年，爸爸媽媽商量著，送了我一臺照相機，這在那個年代絕對是件奢侈品。爸爸說我喜歡畫畫，攝影也需要構圖，這個禮物我一定會喜歡。於是，在那個愛做夢的年紀，我拿著這臺相機拍了很多那座小城的街景，甚至幾十張高天上的流雲，留下許多我青春期裡最浪漫的回憶。

如果說這些禮物，還能用金錢來衡量，那麼有些禮物則是無價的。那是爸爸親手給我做的。

小時候我喜歡畫畫，參加了學校的美術小組。美術小組的同學，每人都有一個帆布封面的畫夾，其實用到的機會並不很多。有一天爸爸下班回來，交給我一個比A4紙還要寬一些的厚硬塑料板，四角打磨得圓圓的，正面有一個不銹鋼的夾子。爸爸說，這是他給我做的畫夾子，我可以把白紙夾在上面，這樣無論處在什麼條件都不影響作畫，即使是在室外放在腿上也可以，而且畫板比一般的畫紙大，畫的時候，手不至於懸空。這個獨一無二的畫板，曾讓我在美術小組裡很是驕傲。

另一個禮物是個特殊的儲蓄罐：鐵皮房子。爸爸用幾塊廢鐵皮，敲敲打打，又經過焊接，給我做了一個十七八公分見方的鐵皮房子，上面還有三角形的屋脊，側面有一個小煙囪。煙囪是個略扁的長方體，寬度剛好夠放進去當時最大的五分錢硬幣。小房子比例協調，四周光滑，所有的邊緣稜角都經過了處理，怎麼拿放都不會劃傷手。這個儲蓄罐的與眾不同之處在於：只有入口沒有出口。錢從煙囪裡進到房子裡，就很難拿出來了。爸爸說，要等我把這個房子全部裝滿，再用電焊幫我打開。這個小鐵皮房，不僅是我童年最珍愛的玩具，也著實培養了我理財的習慣。我盼望著能早一天把這個小房子裝滿，有餘下的硬幣就投進去，不時還把小房子抱起來放到耳邊晃一晃，聽裡面硬幣撞擊的聲音。直到後來這聲音越來越悶，房子越來越沉，爸爸真的打開了房子，又幫我把錢一摞一摞的數好，全部的一分、兩分、五分硬幣加起來，居然有二十多塊錢！

「小房子」完成了它的使命，而這些硬幣，卻隨我四處遷移，如今仍靜靜地躺在北京家中的書櫥角落。這麼多年，我竟然從來沒有想過，爸爸當時為什麼要給我做這樣？他在做的時候花了多大功夫？他的心裡想些什麼呢？而我，也早已忘了自己在見到這個禮物時有著怎樣的表現，我心裡的感動，爸爸感覺到了嗎？

而我給爸爸買過什麼禮物呢？我上大學那年放假回家，給爸爸買了一個電動刮鬍刀，爸爸對這個禮物非常喜歡。可惜的是，因為是我用省下來的生活費買的，很便宜，也因此品質很差。爸爸第一次用它時手滑，不小心掉到了地上，再拿起來時，刀片前面的絲網已經翹了起來，爸爸沒注意到，再用的時候卻把爸爸的下頷刮破了。當時想著將來有錢了，一定給爸爸買個進口的刮鬍刀，但後來居然慢慢地忘記了這件事。直到爸爸彌留之際，想給他刮刮臉，我才發現這麼多年，爸爸一直用著的，還是那把老式的，裝在小鐵盒裡需要組裝的手動刮鬍刀。

我送爸爸的第二件禮物，是用工作後第一個月工資買的茅台酒。爸爸當時非常開心，笑得嘴都合不攏，但是爸爸並沒有喝，他爽朗地大笑著：「好啊，這酒好，我得留著，等我二閨女工作了再買一瓶，湊成一對，等我過六十大壽的時候再喝。」爸爸在距離他六十歲生日不到一百天的時候離開了這個世界，在去後百天的祭日上，我把這瓶酒灑在墓碑前，酒色黏稠，已成淡淡的黃色，香味四溢……

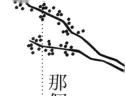

那個風雪夜

一九九三年冬天，姥姥病危，媽媽和妹妹已經提前回去。我放學回家後，爸爸和來幫忙的姑父，帶我一起下鄉去接姥姥進城治療。

去時路上還算順利。可是到了姥姥家後，才發現情況很糟糕，姥姥已處於彌留之際，但頭腦還清楚，堅決不同意再進城。屋子裡有很多人進進出出，媽媽悲傷得顧不上同我和爸爸多說話。姥姥的身邊圍了很多人，我無法近前，在另外的房間裡不知能做些什麼。

到了深夜，媽媽和爸爸商量著，因為姑父和爸爸第二天還要上班，我還要上學，所以決定讓爸爸帶著我和妹妹先回家。妹妹那時還是個不到十歲的孩子，站在炕上跳著腳不肯和我們一起回家。爸爸去抱她，她索性光著腳滿屋子亂跑，整個房間的氣氛都很悲傷壓抑，大人們沒有耐心哄她，也就由她去了，我、爸爸、姑父三人踏上了回城的路。

當時所有人都不曾料到，一場嚴重的車禍就在不遠處等待著我們。

路上幾乎沒車，姑父開車，爸爸坐在副駕駛座上，我一人獨享後排座。當這輛銀色的北京吉普213小車駛離了鄉間土路，進入國道時，我已經有些困倦。透過擋風玻璃往前看，我感覺姑父在一個岔路口開往了並非來時走的路。但也只是一瞬間的懷疑。爸爸的心情不是很好，我選擇乖乖的在後面坐著。可是這條路路況明顯差了很多，路面有大大小小的坑洞，幸虧是輛吉普車，但我還是被顛得東倒西歪，這路似乎比方才的土路還要難走些。原本的倦意被加劇的顛簸趕跑了，我看向車外，車燈照到前路很遠的地方，天空中飄落下細小的雪花，道路不寬，卻有著高高的路基和寬寬的排水溝，兩旁行道樹又密又高，沒有樹葉的枝杈寂寞地指向夜空。

突然，車子失去控制了，先向左繼而向右，最後徹底轉向左側，栽下了路基，整個過程快得讓人來不及反應，我呆呆地看著車輛駛出一個碩大的Z字型後，只想到兩個字：「完了！」便什麼都不記得了。

等我再次睜開眼睛恢復知覺時，發現剛才乘坐的車已側翻在路基下，卡在幾棵樹中間，爸爸正在車外焦急地叫我的名字。車門被樹擋著，只能打開一道小縫。謝天謝地，我還活著。爸爸在外面想盡辦法拉我出去，而我也幸虧年紀小、身子瘦，最後總算從已經嚴重變形的車門中鑽了出來。我看到姑父也已站在車外，正沮喪地看著扭曲變形的車。

見我終於出來，擔心油箱隨時會爆炸的姑父和爸爸，拉著我快速離開了現場。

三個人奮力地爬上邊溝，重新回到剛才的路上，才發現果然是開錯了路。這是一條已經廢棄的公路，來時走的是另一條新開通的路。尚有餘悸的爸爸和姑父看著不遠處扭曲變形的車，慶幸我們沒有大礙。初步分析原因，是天上下了小雪之後，路面打滑，車子在開過一個坑洞時跳了起來，姑父踩了剎車，結果導致車輛側翻。姑父說，我們還是要走，才不至於被凍僵。於是，我們三個人在漫無人跡的野外，向著家的方向走去。為了儘快找到正確的路，爸爸和姑父帶著我穿過田野，朝有著些微燈光的方向走去。四野裡寂靜無聲，只有雪花悄然飄落。沒有人想再多說話，大家默默地走著。想到小時候聽過的鬼故事，看著遠處若有若無的光亮，我竟懷疑那是否就是鬼火，想到或許會在郊野裡撞上死人骨頭，我更加害怕了，上前挽著爸爸的胳膊，不想爸爸卻嘶的一聲，說有點疼。我這才意識到爸爸受傷了，好在傷得不重。爸爸讓我挽他另一側的胳膊。我緊緊地抱住他的胳膊，我們三人就那樣不停地走著，只聽到雙腳碾過雪地的聲音，咯吱咯吱。不知道走了多久，天光漸亮，我們終於走到了城市邊緣。竟然沒覺得太累，腦子非常清醒。

又走了近一個小時，我們才到家。爸爸看了看我說：「呀，你這腦門也碰破了，還能上學去不？」我摸了摸頭，才發現右額頭破了，一晚上過去了，也沒覺得疼。爸爸累得一到家就坐到床上脫下了鞋，我看到爸爸的腳底有幾個大水泡，爸爸自嘲說：「這扁平足真是害人不淺啊。」然後摸了摸自己右側的腰間，說：「這裡好像硌了一下，有點疼。」家裡很冷，爐火早已經熄了，爸爸一邊摸著自己的右腰，一邊生爐火。記不清當時有沒有給我煮麵，總之那天早上我又按時到學校上課了。

晚上回家，才聽爸爸說，他白天裡做了很多事情，先是去單位借了起重機，開到車禍現場，又把車吊起來運到修理廠。修理廠的人看到嚴重變形的車，紛紛議論，說這車裡的人八成全完了。爸爸告訴他們，車裡的人就是他，好多人都瞪大了眼睛表示不相信，因為車不僅扭曲變形，連橫軸都斷了，可見車禍多嚴重。人們紛紛驚歎，說：「這車裡一定坐了貴人，有神仙保佑著，才能皮肉無損，他們修了這麼多年車，第一次見到這樣嚴重的車禍，裡面的人只有皮肉傷。」爸爸說，總算周圍樹多，車子剛好卡在了兩棵樹中間，這算不幸中的萬幸。

當爸爸把車子處理好之後，才發覺腰部疼得更厲害了，甚至躺下後很難坐起來。去醫院拍了片子，發現有肋骨骨裂。醫生很驚奇爸爸居然能走那麼遠的路，又在第二天去現場處理事故。爸爸感到很驕傲，逢人就吹牛：「當時哪顧上疼啊，人有時候就是一口氣，撐一撐也就過去了，沒啥大不了的！」可是，爸爸還是臥床好幾天，吃飯都要靠我端到床邊。但他不讓任何人告訴媽媽，因為姥姥在那個晚上去世了，爸爸不想讓媽媽分心。當時沒有手機，媽媽完全不知道我和爸爸發生的事，只顧著和爸爸生氣，埋怨爸爸為什麼在姥姥去世後還遲遲不肯回去參加葬禮。

家裡只剩下我和爸爸。爸爸很擔心媽媽，媽媽卻和爸爸賭氣。爸爸又囑咐所有去鄉下參加姥姥葬禮的親友，讓他們千萬別告訴媽媽他受傷了，只說他那幾天工作太忙，要過幾天才能趕回去。可是親友們也傳來媽媽生氣的消息，爸爸委屈，又不知道該和誰說。有一天，一個在城裡生活的表舅，聽說爸爸受傷了來看他，爸爸非要我去買幾瓶啤酒和熟食，然後他靠在床上和表舅喝了好多好多的酒。門關著，他讓我去另一個房間寫作業。我聽不到他和表舅的談話，但是那晚表舅走得很晚，一再讓我照顧好爸爸。

我發現爸爸喝醉了，而且好像還哭過。爸爸向我揮揮手，讓我別管他。我剛要離開，他又向我要了杯水喝。喝了水後，爸爸倒頭就睡，不一會兒，就響起了鼾聲。可是爸爸的鼾聲，就像委屈的小孩在哭，抽抽搭搭的。響一聲之後，就會沉寂一會，然後又驟然響起。每次沉寂的時候，我就很擔心：爸爸會窒息嗎？爸爸會心臟不舒服嗎？當我幾乎要把手指伸到爸爸的鼻端試探，他的另一波鼾聲卻又突然更高亢的響起。我不敢離開爸爸，就那麼傻傻地坐在床邊，在擔心中迎接他斷斷續續的鼾聲，直到睏得睜不開眼睛，趴在爸爸的床邊睡去。

又過了些日子，爸爸的身體逐漸好轉，媽媽也從姥姥家回來了，爸爸好像才有多說幾句話的興致。有次晚飯時，爸爸一邊叫著我的名字，一邊感慨地說：「小茹，你知道嗎？不到關鍵時刻，人哪，都不知道自己的真實想法。車出事時，我當時也是腦子嗡的一下什麼都不知道，等我清醒過來之後，第一個反應就是我自己還活著，然後就是孩子你怎麼樣，再然後才是你姑父怎麼樣，最後才是車怎麼樣。這是不由理性控制的本能啊。」這話，在事後的很多日子裡，爸爸對不同的人提及「我醒來後，知道自己還活著，然後第一個反應就是孩子怎麼樣，看來這真是人的本能啊。」

原來我一直都是他的驕傲

一直以來，我只知道自己為爸爸驕傲，哪裡知道，爸爸也曾熱烈地以我為傲，而我竟然一點都不知道。

小時候，爸爸的單位曾十分興旺，除了正常業務外，還有廠辦醫院、廠辦幼稚園、廠辦學校，我們家也在單位的宿舍區內，妹妹就是在廠辦幼兒園長大的。我小時候感冒發燒，最常去的地方就是公司總部旁邊的廠辦醫院。不過，爸爸在很多年的時間裡都是在郊區的分公司辦公，總公司雖然離家很近，我卻從未到過裡面。爸爸走後，需要我到總公司處理一些未盡事宜。

終於走進這座熟悉而又陌生的大樓，曾經擁有幾千名職工的公司，如今只留有一些行政人員勉強維持辦公。清晨的陽光灑在門廳，顯得有些寂寥，鞍馬冷落的大樓內，倒也乾淨整潔，運轉有序。有那麼一兩分鐘，我站在門內，靜靜地透過玻璃，看窗外車來車往，想像著那日爸爸出殯的車隊經過這裡，他往日的同事看到時，會有些微的感觸嗎？若爸爸在天有靈，經過這個他工作了大半輩子的單位，又會有多少留戀和不捨？

報銷爸爸的部分醫藥費，去拿喪葬費、撫恤金，這些生硬的項目單據拿在手裡讓人難受，還要找相關的領導簽字。聽說爸爸之前的一個下屬，已經做了公司的副總，還有更多的同事我都不認識。不管怎樣，我只能硬著頭皮去做該做的事。

見到了副總，果然是小時候常常出入我家的一位叔叔，多年不見，他除了有些發福，並未見老。我叫了聲叔叔，他看著我，表情有些沉重：「孩子啊，來，進來坐坐。」進了他寬敞的辦公室，我坐在沙發上，不知該說些什麼。心裡面很酸澀：為什麼別人都還好好的工作在這陽光下，此刻就坐在我的對面，想和我說什麼就能說什麼，我的爸爸卻永遠不能這樣了？叔叔沒有提爸爸的事，只是問我：「在北京挺好的吧？」

我點頭。

叔叔又問：「工作還那麼忙嗎？還是要經常出差？」

我有點驚訝，我和他多年沒有聯繫，他怎麼知道我的工作狀態，還知道我常出差？

叔叔不等我問，自己就給出了答案：「你爸活著的時候啊，見面沒別的，說起來都是你，你可是他的驕傲。咱們這樣一個小地方的孩子，能到北京立住腳，不容易啊。可惜，你爸他……」

我猜叔叔是想說，可惜爸爸沒福氣，我們都刻意回避著，沒有繼續進行這個話題。叔叔很快幫我簽好了字，讓我去找財務領錢。

財務室的阿姨，我從沒見過。可我一敲門說明來意，對方就站起來拉住了我的手：「你就是李經理的女兒啊，這些年，可沒少聽他提起你。他這輩子，最驕傲的就是你了。你說好好的人，怎麼說沒就沒了呢？」

女人相對還是要脆弱些，阿姨說著說著就哭了起來：「前兩天你爸出殯的時候，我們從這窗戶上都看到了，唉，多好的人啊，真是太可惜了！」

我的眼淚也掉了下來，我有些語無倫次地囁嚅著：「難得爸有你們這些好同事，他十五歲就進這個單位……」

對方看我有些情難自禁，連忙安慰我：「好了好了，不哭了，你爸是個好人，他肯定去了天上，他會保佑你們平平安安的。」見我點頭，她又岔開話題：「你現在還畫畫嗎？你小時候畫畫不是還得過大獎嗎？你爸想起來就說啊，這閨女了不起啊。我們都羨慕得不行。」

阿姨說了很多，隨後在我依次進入的辦公室裡，我又從不同人的口裡聽見爸爸向他們提及的事：小時候畫畫得過大獎、考重點高中高於平均值一百多分、高中畢業保送上了大學、研究生畢業後到北京找到一份體面工作……竟然還有不認識的人，特意從別的辦公室過來，看著我說：「你就是李經理的閨女啊？這些年淨聽他念叨你，一說起你，你爸爸永遠都是眉飛色舞的……」

當我辦完所有的未盡事宜，走出這個並不太高的辦公樓，看著頭頂的藍天，真希望在天空之上能看到爸爸的臉，我好想對他說，為什麼這些話都是從那些我不認識的人口中說出？我的傻爸爸，為什麼你從來不曾當面表揚過我半句？

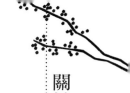

關鍵的路口，爸爸從未缺席

人的一生，關鍵就那麼幾步。我對這句話的理解是，人生就像充滿岔路的旅途，走過無關緊要的小分岔，最終還會回歸主路。如果關鍵的幾個岔路，選擇了不同的方向，但恐怕一生經歷的風景便截然不同。回想我此前的三十幾年，沒有大的波瀾，但緊要的幾步路，爸爸從未缺席。

小時候繪畫獲獎，爸爸帶我去看畫展、參加座談會、接受採訪；期末考試進了前三名，爸爸興致勃勃參加我的家長會；小升初考試結束後、中考結束後、大學保送的面試結束後，爸爸都推著自行車和媽媽並肩在考場外等我……

高二那年要分文理科，對於不偏科的我來說，究竟學文好還是學理強，爸媽討論很久也沒拿定主意。爸爸平時遇事不愛求人，這時卻和媽媽去了學校，徵求老師們的意見，甚至還去找了他當年的一個中學同學——當時我的地理老師。大家的意見是，我數學好，學文科會更佔優勢。在徵求我自己的意見後，我選了文科，最終上了大學中文系。有時想想，在那個年代，不考慮孩子自身特點，單純認為「聰明的孩子學理科、文科就是死記硬背」，「學好數理化，走遍全天下」，喜歡讓孩子學理科的家長一定不在少數，爸爸媽媽當時確實用心良苦。而我讀書的狀況，一直是媽媽抓得比較緊，但爸爸為這事也曾親自去了學校，足見他對此事的重視程度。

高三那年，媽媽反覆和我說：「高考是千軍萬馬擠獨木橋」，這讓我對自己能否考上一所好大學，缺少自信，壓力極大。偏巧班裡有個家境很好、學習很一般的同學，早早地就在班級裡宣揚，說他爸爸答應他，即使考不上也可以讓他去讀東北師大。我當時聽了心裡特別不平，回家後對爸爸媽媽大哭，為什麼這個社會這麼不公平，即使成績不好，只要有錢也能讀到好大學？可是我的哭鬧，卻讓爸爸大為光火，他暴跳如雷地衝我大吼：「指望老子，沒門！有本事你就考，考上了我砸鍋賣鐵的供你。考不上連補習你都別想，給我去工地刷牆去！」我當時的感受是，他實在是一個不愛孩子，又用這種冠冕堂皇的話來掩蓋自己無能的爸爸。有什麼辦法呢，我沒有那個命，老天只分給了我這樣一個「不負責任」的爸爸。

後來，因為我的會考成績優異，可以保送。爸爸開始笑咪咪的四處和人顯擺：「我閨女保送上的大學，那是！成績好啊，沒辦法！」並且以不放心媽媽單獨送我為由，親自把我送到了大學裡。

碩士畢業那年，我面臨著留校任教，或到舉目無親的北京闖蕩。那些日子，和爸媽通電話的頻率很高，每次爸爸都說：「女孩子，做個大學老師多好。」那時的爸爸，對我的態度早已不再那麼強硬，聲音平和得甚至讓人產生他「底氣不足」的錯覺。最終的選擇權還是在自己手裡，我還是抵制不住童年時北京曾帶給我的誘惑，決定前往工作。爸爸更開心了，每次回到老家，都忍不住喜形於色地說：「他們那些人，哪有一個的孩子能比得過我的？閨女，你有了今天的生活，爸真高興。」

學習、工作，還有愛情，我的那些關鍵路口，爸爸都在。

我的第一個男友是大學同學，曾去我家見過父母。但是畢業後，很快移情別戀，喜歡上另外一個女孩。失戀那陣，我心灰意冷，每天躺在床上以淚洗面。到了第三天，爸爸突然衝到床邊，掀起我的被子大罵：「你看你那點出息！天底下的男人都死光了？！離開那一個，你就活不下去了？」當時的我，心裡很討厭爸爸，甚至有些恨他。我覺得在我最難過的時候，他不但沒有一句安慰的話，反而再次把我推開，就像多年前我被人誤打的那個晚上一樣，讓我感到透徹心骨的寒冷。這個爸爸，真的是一點都不愛我。可是討厭歸討厭，我還是害怕他發火，我蔫蔫地爬起床，到外面四處遊蕩，找同學玩、向朋友傾訴，就是不敢再躺在床上。說也奇怪，出去的時間多了，雖然還很難過，但是和朋友傾訴後，多少緩解了一些。

幾年以後，當我再次領了男友回家，這次反對的卻是媽媽。媽媽對我的選擇特別不滿意，她覺得這個男孩配不上我：又瘦又小，娃娃臉上寫滿稚氣，分明還是個孩子，這樣的人怎麼能支撐起一個家呢？媽媽對這個男孩表現出前所未有的冷淡，她冷冰冰地讓男孩回家去，她不同意我們交往。

男孩囁嚅著，不停說一句話：「叔叔阿姨，你們就給我一次機會吧，我一定會對她好的。你們相信我，給我一次機會吧。」媽媽把頭扭向一邊，爸爸心軟，對男孩說：「這樣吧，你不是要考研究所嗎？你回去好好準備功課，要是能考上，我就答應你們交往。」

男孩在爸爸的許諾下走了。爸爸對媽媽說：「這孩子小是小點，但看上去老實。你這麼硬碰硬的不同意，孩子萬一出個意外怎麼辦？讓他回去複習，別想不開出了意外，另一方面，沒準時間長了，心思也就淡了，自然就分開了。他要是考不上，也就沒什麼好說的，我們已經給過他機會了；他要是考上了，碩士畢業怎麼也能找個工作，只要對咱閨女好，過個平常日子肯定沒問題。」

媽媽沒有辦法，默認了爸爸的話。男孩放心地離開了。

房間裡只剩我和爸爸兩個人的時候，爸爸又恨鐵不成鋼地用手指點著我說：「你呀，就不能心氣高一點嗎？」

又過了幾年，這個男孩最終和我在北京成了家。

婚禮上，媽媽還是有些轉不過彎。婚禮主持人問爸爸媽媽：「今天是你們愛女大喜的日子，你們開心嗎？」媽媽不說話，爸爸打圓場：「老伴開心，我就開心。」媽媽終於被爸爸逗笑了，臺下所有的親友都為爸爸這句話起哄，說他怕老婆。爸爸笑笑：「公司垮了，我都好幾年沒拿到工資了，都是老伴養我，怕老婆有什麼了不起的。」

結婚後，我們的關係很親密，老公不僅對我好，對爸媽也很孝順。老公有時寫點小文章，爸爸真心的喜歡，讚不絕口。媽媽也漸漸改變了對他的看法，逢人就誇自己的女婿好。爸爸就在旁邊自得的說：「怎麼樣？要不是我，咱閨女能有現在的幸福？」

在我快生產的時候，爸爸行走已經不便，還是和媽媽趕在預產期之前到北京來陪我。生完寶寶，隔天一早，爸爸就來病房看望，對著剛生出的小傢伙端詳了又端詳，還做了一首打油詩：「喜得一鳳賀茹兒，巾幗定能勝鬚眉。孫女更比女兒孝，家風使然眾口碑。」現在看，這首打油詩大概是爸爸作品中最不押韻的，我的心裡又一陣難過，因為那時爸爸的大腦已經受損了。

爸爸走後，我的工作幾經變動，今年又透過考試應聘到了另一單位，在職務上有了進一步的發展。當時收到入職通知時，媽媽不停地念叨：「這要是你爸爸知道了，該多高興啊！」原先我也覺得，自己的人生道路才走了一半，爸爸的路卻到了終點，這實在讓人難過。可是有那麼一刻，我忽然覺得爸爸一定是知道的，我豁然開朗，因為我相信在人生的每個路口，爸爸都不會缺席，即使我看不到他，他也一定在某個地方守護著我。

若不是有爸爸的在天之靈保佑和呵護著，我又怎能如此順風順水？

爸爸其實很愛我

從中學到大學，我對朋友說過很多次：爸爸不愛我。沒有人認為我說的是真的。他們全都像笑話一個不懂事的小孩子般說：「淨瞎說，哪有不愛自己孩子的爸爸！」每次，我都有著滿肚子不被理解的委屈。我會立即找出證據說明爸爸不愛我。

爸爸有一次也說：「父愛和母愛不同，父愛總是更深沉內斂一些。」可我一點都不相信，總是不以為然地想：「哼，說得輕巧，那你對妹妹怎麼不這樣？」

爸爸走後的這些日子裡，每次想起爸爸而感到難受，我就狠狠地對自己說：「你想他，有意義嗎？他根本就不愛你！」然後我就像著了魔似的，會和自己對話許久——

「他愛不愛我，和我想不想他，有關係嗎？」

「當然有關係，人家都不愛你，你這不是自作多情嗎？」

「可是他是我的爸爸啊，不管他愛不愛我，我都會想他，愛他。雖然我知道沒有用，但是我控制不住。再說，怎麼能知道他真的是不愛我呢？我又沒問過他。」

「別自欺欺人了，你小的時候，他不是親口對你說，只喜歡你妹妹，不喜歡你嗎？」

「那是很久以前的事了，也許他現在早就變了呢。我沒親口問過他，那就不算數。」

就在我不停地冒出這些念頭的時候，腦中就會閃現許多情景，歡樂的、憂傷的、痛苦的……全都與爸爸有關。仔細想想，與爸爸的親子關係，是我從上中學時就開始關注的話題。我一直想弄明白他到底愛不愛我，如果不愛，到底是因為什麼？爸爸與我的關係，對我成長的影響究竟有多大？我有很多話想說，又有很多東西想不明白。於是，我決定動筆把這一切寫出來。

朋友知道我要寫這樣的題材，鼓勵我說，你一定能寫好。又過了一段時間，再次見到這個朋友，他對我說「你開始動筆了嗎？我已經替你想好了書名，就叫『爸爸其實很愛我』。」

朋友說完後，有那麼一刻，我愣在那裡，接著把頭望向夜空，又轉向另一側，半天說不出話，等我終於看向朋友，想對他說聲謝謝，我的眼眶還是沒能攔住那些眼淚。

爸爸其實很愛我，這正是多年來我一直想尋找的答案。

我出生後一直不在爸爸身邊，初為人父的他，偏偏遇到一個性格內向靦腆、懼怕他的小孩，他該怎樣表達他的愛？他當時正處于於人生的爬坡階段，偶有情緒不好、脾氣暴躁的時候，脫口說出的話，能代表他內心真實的想法嗎？妹妹出生在他身邊，不僅性格開朗討喜，重要的是，妹妹童年經歷的大手術，無異於讓爸爸失而復得了一個女兒，所以，他偏疼妹妹一些，又有什麼不可理解？

或許，困擾我這麼多年的「爸爸不愛我」只是一個偽命題。無非是他給我的愛，沒有我想要的那麼多，他只是不由自主地多愛妹妹一點。而我，當年作為一個孩子，幼稚地以為父母的愛，給了這個多一些，給另一個的就會少。實際上，愛有定量限制嗎？假如真的沒有妹妹，爸爸對妹妹的愛就全都是我的嗎？想到這裡，我突然笑了。我這個笨蛋，愛應該就像汩汩流淌的泉水，只要生命不息，愛意就不會止歇。換句話說，爸爸對妹妹的愛，是因妹妹而來，從沒有剝奪本該屬於我的那一份呀！

又或許，爸爸在以他的方式成全我。我有時候看妹妹，她在很多時候都不讓人省心，永遠不夠成熟、理性，而我，或許因為少了爸爸的那份寵溺，所以從小就知道自己不討人喜歡，生活沒有捷徑可走，因此，什麼事情都是穩紮穩打地靠自己的努力去做到最好，我獨立、踏實，也敏感，雖然偶有脆弱的時候，但總體來看還夠堅強。

前兩天工作上有應酬。以前的我對這些事非常害怕，可這次，我竟能非常坦然。那一刻，我真的想對爸爸說：「爸爸，我長大了。」我想，爸爸一定在那頭笑我：「你怎麼總是在長大，卻總也長不大？」這個段子大概只有我們倆記得——當年那場嚴重的車禍後，我寫了一篇散文〈那一夜，我長大了〉，發表在一本全國發行的少年雜誌上。爸爸為此取笑了我好多年，每當我有一點點進步的時候，我就會對爸爸說：「爸爸，我長大了。」然後爸爸就會說：「你怎麼總是在長大？到底什麼時候才能長完？」當我寫到這裡，又想對爸爸說，我長大了。

當我把幾十年哽在胸口的委屈、困惑一樁樁羅列出來，訴諸筆端後才發現：我這個傻孩子，到此刻終於知道，其實，爸爸真的很愛我。可是，我還想知道，爸爸會怨恨我在最後的時刻沒有拼盡全力搶救他嗎？我的做法究竟是把爸爸的痛苦降到最低，還是讓爸爸心懷怨恨的離去？

爸爸，你可以原諒我嗎？

爸爸，別忘了，這一生，你還欠我一頓酒，一個大大的、深深的擁抱！

後記 一程山，一程水，唯愛永恆

我和爸爸父女一場，直到生死相隔，我才真切體會到他其實如此愛我。就像此刻，回想起爸爸，我眼前出現的都是些愛意彌漫的畫面：不經意一轉眼，人群中我彷彿看到爸爸向我微笑著走來；某個晚上我偎在沙發上看著電視，哈哈大笑中似乎一抬手就能和坐在旁邊的爸爸擊掌；當我用盡力氣登上郊區某座山峰，極目遠眺，雲端之上依稀有著爸爸注視的目光……

這讓我忽然明白了一個道理，相對人生的短暫和無常，世間能夠永恆不變的，恐怕只有一種東西：愛。

一程山，一程水，人們在各自的生命旅途中奔走，一刻不停地從起點奔向終點，途中與周遭的人相遇又分離。不相干的終其一生不會有交集，有緣的或許擦肩而過，摯愛親朋則可幸運地擁有一段同行時光。每個人都承上連接著自己的祖輩，對下啟發著未來的兒孫，儘管上下兩端註定無緣相見，然而，就像一場無聲的接力，一代又一代，得以傳遞的，正是愛。

因為愛，我的另一個「爸爸」——研究生導師林杉先生，已經耄耋之年的老師，聽到我寫了這麼一本小書，欣然提筆，為我作序。一日為師，終生為父，同學都喜歡稱呼老師為「師父」，老師也樂得大家這麼叫。他說，只有他把自己當作我們的「父親」，才能真正做到無私。至今，我畢業已十多年，但對老師的印象還停留在當年。老師很爽快地答應為這本書寫序，並發來簡訊關心進展，表示「深以為念」。然而，我真的忽視了老師的高齡和身體狀況，直到後來收到老師溝通寫序的簡訊時才感到自己的唐突，一時間淚眼模糊。

老師說：「快件妥收，先為你祈福吧！我努力每天讀十到十五頁。」中間擔心我著急，又發來簡訊：「等著急了吧，我剛開始寫序文，眼睛不爭氣，請再稍等。」等到終於寫完了，老師居然說：「前幾天把序文弄完了，沒信心出手，請幾位師友傳閱，稍事改動後，再請你定奪。」最後，老師說：「我很高興，只是太慢了。一篇序文，拉開架勢弄了兩個半月，讓人笑話！無可奈何，老了。」

老師熟諳文字，擅寫散文，看得慢、寫得慢，一方面是歲月不饒人，一方面實在是因為認真看待此事，而老師寫好後居然會說「沒有信心出手」，可見他老人家對這件事多麼重視。及至看到序言，我更加羞愧難當，本以為老師翻閱後會簡單寫上千八百字，可幾乎就是一篇完美的學術論文。如果不是深讀了我的文字，是絕對寫不出來的。這是多麼深沉無私的愛？

又想到，在我寫作的過程中，因為擔心媽媽看到我寫的一些內容會觸景傷情，所以我一直瞞著她偷偷進行，但媽媽每日幫我接送年幼的孩子，幫我料理家務，和我回憶爸爸生前的點點滴滴，為我帶來爸爸的日記……沒有媽媽的支持，哪有這本小書？

我的愛人，作為我的第一讀者，提供很多具體而有價值的意見，為我創造良好的寫作環境；我的孩子為我的寫作提供了諸多靈感，並且乖巧懂事從不影響我；一位遠在千里之外、自幼和我分享所有喜怒哀樂、知道我與爸爸之間所有恩怨的閨密，邊讀我的文字，邊哭著給我發來簡訊，帶來她最真誠的支持；另一位相識雖短卻一見如故的好友，也作為第一稿的讀者，認真發表她的意見和建議，用最誠摯的鼓勵給我以信心；我的編輯朋友鼓勵我動筆、幫我想書名、一路支持我寫完，並提出很多專業的修改意見……

我何其有幸，「身在福中」，被這麼多的愛意包圍，卻一度「不知福」，甚至自尋煩惱，為「爸爸究竟愛不愛我」這件事糾結許久。

這煩惱的根源究竟在哪裡？當我關上電腦，靜靜坐在桌前，一連串的問號再次出現：既然唯有愛是永恆的，那麼是不是只要有愛就夠了？我搖搖頭，顯然不是這樣。或許愛的表達更重要？可是，愛究竟該如何表達？愛需要能量和能力嗎？為什麼爸爸明明愛我，我也愛他，我們卻從沒有機會正面表達對彼此的情感，留下永遠無法彌補的遺憾？我耿耿於懷這麼多年的問題，是不是也因為我的自私狹隘和過於敏感？

我想，這些問題沒有絕對的答案，每個人對愛的領悟和表達都不盡相同。但是，我真心希望這本小書，能作為一個起點，教我學會珍惜世間的愛和緣分，放下自己的狹隘和敏感，學會勇敢的表達和給予。也但願，每一個讀到這本小書的朋友，能因此有一星半點的啟發。

最後就讓我真誠地表達出我的愛吧：感謝導師林杉先生，感謝我的老媽媽，也感謝我的愛人和孩子，感謝我的兩位閨密，感謝我的編輯好友，沒有你們的鼓勵和支持，就沒有這本書。我愛你們。

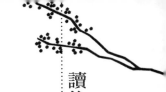

讀後分享：在愛中所受的傷，唯有在愛中得以痊癒

學校心理師 魏家瑜

那些與疑惑相伴的日子……

《爸爸其實很愛我》描述一段女兒在父親過世多年後，自我療癒與重拾父愛的心路歷程。孩提時代，不知道曾經的你（妳），是否有過一段時光，如作者一般產生「爸媽到底愛不愛我？」的惶恐與懷疑？或許當時你（妳）的家庭正經歷一些變動，也可能直到現在，也弄不懂為何會出現這樣的疑惑。可是當這些念頭浮出時，就像在心中生根發芽一般難以根除，不管理智上再用力地說服自己：「父母對子女的愛應該是天經地義的」、「哪有父母會不愛孩子」，也無法安撫心中的徬徨不安。

我不確定這些疑惑是否還縈繞在你（妳）的心頭，也不確定在過去的日子，你（妳）是怎麼面對、撫平這些不安？許多的人或許會選擇和作者一樣的方式——把這些疑惑、不安，以及隨之而來的痛與苦深深地埋藏心中，彷彿不去想、不去碰，它就不會有機會再繼續傷害自己，也不再感到痛苦。

有時這是有用的，可以讓生活繼續前進，不被埋藏的記憶干擾；可是更多時候，會像作者一樣，在小女兒一句「媽媽，你的爸爸呢？」的問話中，在不經意的一瞬間，悄悄地將潘朵拉的盒子打開，原以為被深深掩埋的記憶，也輕易地被勾起。

受傷的孩子：無可避免的手足競爭

故事開頭從作者的文字中，我們慢慢勾勒出一個任性、倔強、耿直與有些孩子氣的父親形象，也從文字中感受到作者對父親的懷念。只是這些懷念似乎被蒙上一層陰影，因為直到父親去世，作者始終不確定，父親到底愛不愛自己？

面對疑惑，人們很自然地會尋找合理的解釋，作者得到的結論是：這一切起因於從小與父親的分離，以及後來的城鄉差距，讓幼年的自己心中充滿不安，渴望與父親靠近，卻不知如何表達。再加上妹妹的誕生，帶來手足的競爭和比較，而父親對偏愛妹妹的親口確認，對兩姊妹間一次又一次的差別對待，更加深作者對「父親不愛我」的相信與記憶。

年幼孩子的出生，對家庭是一項挑戰，同時照顧兩個以上的孩子耗盡父母的精神與體力。疲憊的父母會希望大的孩子，應該要成熟獨立，要懂事體諒；但在孩子的心中，他只感覺到父母不再像過去那樣眼中只有自己，這種感覺讓他恐慌、讓他不安。他無法理解父母不會因為有了弟弟妹妹而不愛、少愛自己，他需要用各種方法一再確認父母的愛來安撫自己，但這些確認的行為往往惹惱父母，造成父母與大孩子之間的衝突矛盾。

其實大孩子要的並不多，作者有一段描述讓我印象深刻：「當我們返回時，爸爸從橋上騎車向下俯衝，哼著當時的流行歌曲，穩穩地控制著自行車的方向和速度，我坐在自行車的橫樑上，張開雙臂，感覺自己像是要飛起來。」這種父親陪伴在側，被父親護在懷中，感受風吹拂過來時要飛起來的感覺，或許就是作者渴望的「父愛」與「幸福」。

許多大孩子或許就像作者一樣，期盼在某些片刻，可以擁有和父親獨自在一起的小天地，獨佔父親全然的呵護與注意，她不須和別人搶，也不用和別人爭。但這樣小小的盼望在父親的忙碌與疲憊中被忽略，也讓作者與父親之間的裂痕越來越深、越來越難以靠近彼此。最終心傷累累的女兒無法負荷，只能藉由赴外地讀書、工作來遠離父親、逃避痛苦。

新故事開啟：停滯的記憶重新轉動

記憶是件很奇妙的事，當深信自己不被喜愛時，腦中的回憶只剩下受傷的記憶，就算其他人告訴自己這並非全部的事實，也只會牢牢抓住自己所相信的一切。作者直到透過自己成為母親的角色與體會，才為自己打開原本的局限，用不同角度看待過去發生的故事。

同樣是父親發脾氣罵人的場景，以一個受傷、埋怨的孩子的角度，就會深信這是自己不被父親喜愛的印證。可是當時空變換，作為母親的自己不經意間表現出與父親當年一樣的行為，就會赫然發覺，原來過去所聽到一切刺痛自己的話語、拒絕，全非父親的本意。

有時候、當我們嘗試轉換自己習慣的角色，讓過去深信不已的信念出現裂痕時，就會發現許許多多曾經被遺忘與封印的美好記憶有了滲入的機會，就如同陽光驅散陰影一般，記憶中的畫面開始改變，對事件的解讀產生變化，自我療癒的歷程也能開始啟動。

這讓我想起布魯斯威利主演的《扭轉未來》（The Kid）（如果讀者們看完故事，覺得心裡有些沉重，需要一點轉換，推薦這部片給大家），其中讓我印象深刻的一幕是，成年後的男主角回到過去，陪伴著8歲的自己經歷喪母之慟。8歲時，父親無法接受妻子離世而對他口出惡言，使他一直深信自己是害死母親的兇手，這種痛苦在接下來成長的

日子裡不斷折磨著他，困住他的生活，封閉他的情感。但是當成年後的自己再次面對這一幕時，他突然理解父親只是因為無法面對失去妻子的傷痛而口不擇言，母親的死並非他所造成，他安撫了年幼的自己，同時也解開內在的心結。

關於遺憾、關於愛

這本書畢竟不是電影小說，而是一個真實的故事，既然真實也就代表它不一定有完美的結局。當故事的尾聲，作者終於理解到父親其實深愛自己，並以自己為傲時，父親卻已經不在身邊。不甘、歉疚、後悔和自責種種情緒交織成濃濃的悔恨，撕扯著作者的心，也讓我感到不捨與鼻酸，就算闔上書本，心裡的沉重感仍然久久揮之不去。

有些遺憾與不完美終究遺留了下來，時間或許不能治癒一切，但可以帶給人們治癒的力量，當歲月的歷練讓人成熟時，人們就擁有重新理解與修復過去的能力。在心理治療的過程中，我們最重視的並非事件本身，而是怎麼看待與解讀這些事件。雖然打開潘朵拉的盒子必須面對許多痛苦與折磨，但只要我們有著願意改變自己的心，這些苦痛中其實都隱藏著希望的種子。

這部作品的完成是一件不容易的事情，除了敬佩作者的勇氣，也相信這本書的出版只是個開始——作者用心而非腦袋相信、感受父親的愛，只是內心修復之路的一個里程，儘管父親不在了，但天上的父親、心裡的父親依然存在，在愛的誤解中所受的傷害，終有一天會在愛的信任中得到撫平與痊癒。

國家圖書館出版品預行編目（CIP）資料

爸爸其實很愛我：當父親永遠離開之後,才理解「我愛您」這句話說不出口,是我這輩子最大的遺憾。/ 小茹作. -- 初版. -- 臺北市：信實文化行銷, 2015.05
面；公分.--（What's story）
ISBN 978-986-5767-64-8（平裝）

855　　　　104006211

What' s Story

爸爸其實很愛我：

當父親永遠離開之後，才理解「我愛您」這句話說不出口，是我這輩子最大的遺憾。

作者　小茹
總編輯　許汝紘
副總編輯　楊文玄
特約編輯　湯梓菁
美術編輯　楊詠棠
行銷企劃　陳威佑
網路行銷　劉文賢
發行　許麗雪
出版　信實文化行銷有限公司
地址　台北市大安區忠孝東路四段 341 號 11 樓之3
電話　（02）2740-3939
傳真　（02）2777-1413
網址　www.whats.com.tw
E-Mail　service@whats.com.tw
Facebook　https://www.facebook.com/whats.com.tw
劃撥帳號　50040687 信實文化行銷有限公司

印刷　皇城廣告印刷事業股份有限公司
地址　新北市中和區永和路 193 號
電話　（02）2246-0548

總經銷　聯合發行股份有限公司
地址　新北市新店區寶橋路 235 巷 6 弄 6 號 2 樓
電話　（02）2917-8022

本書原出版者為：清華大學出版社。中文簡體原書名為：《爸爸其实很爱我》。
版權代理：中圖公司版權部。
本書由清華大學出版社授權信實文化行銷有限公司在臺灣地區獨家出版發行。

2015 年 5 月 初版
定價新台幣 280 元